Im Ariège – ein Jahr zum Verlieben

Christel Weingart

Im Ariège –
ein Jahr zum Verlieben

ROMAN

Bibliografische Information der Deutschen Nationalbibliothek:
Die Deutsche Nationalbibliothek verzeichnet diese Publikation
in der Deutschen Nationalbibliografie; detaillierte bibliografische
Daten sind im Internet über http://dnb.dnb.de abrufbar.

© 2014 Christel Weingart
Satz, Umschlaggestaltung, Herstellung und Verlag:
BoD – Books on Demand

ISBN: 978-3-7357-2600-1

KAPITEL 1

Anne Burmester konnte kaum ihre Hände unter Kontrolle bringen. Die Zigarette zitterte bedenklich zwischen ihren Fingern. Sie nahm einen tiefen Zug und musste sofort heftig husten. Sei nicht blöde, mach sie wieder aus, sagte sie sich immer wieder in Gedanken. Aber sie brauchte etwas, um sich daran festzuhalten. Und das war diese Zigarette. Aus Protest und aus Frust. John war vor über einer Stunde gegangen. Er hatte sie für immer verlassen und nur das Nötigste mitgenommen. Und dazu das Auto. „Mistkerl!", sagte sie laut.

Ein junger Fahrradfahrer, der gerade in dem Moment an ihrer Terrasse vorbeifuhr, drehte sich um und zeigte ihr den Stinkefinger.

„Du doch nicht", rief sie ihm hinterher. Dann kamen die ersten Tränen und eine ungeheure Wut in ihr hoch.

Sie ging ins Haus, um ein Taschentuch zu suchen. In der Küche angekommen, machte sie sich erst einmal einen Becher englischen Tee mit Milch und zwei Löffeln Zucker. Zucker war gut für die Nerven und süßer Tee das Allheilmittel eines jeden Engländers in einer Krisensituation. Dank John und dreizehn Jahren in England war sie fast zur Engländerin geworden. Jetzt saß sie hier in Worpswede. Allein. Wie unplanbar das Leben doch war. Sie putzte ihre Nase, nahm den Becher Tee und ging durchs Haus. Alles hatte so gut angefangen. Der Umzug in die alte Heimat, Johns neuer Job am Flughafen und das schöne Haus, das sie hier im Künstlerdorf gemietet hatten.

Nur Arbeit fand sie keine. Aber bei ihrem ungewöhnlichen Beruf war das auch kein Wunder. Alle Kirchenfenster in Deutschland waren nach dem Zweiten Weltkrieg bereits zu Tode restauriert worden. Nach der Wende war zwar die Hoffnung auf Arbeit in der ehemaligen DDR gestiegen, aber mal ganz ehrlich – da waren wichtigere Dinge an der Tagesordnung. Dort hatte man ganz andere Probleme. So hatte Anne sich die letzten zwölf Monate mit Gelegenheitsarbeiten durchgeschlagen. John hatte die Brötchen verdient. Und jetzt war er weg. Und damit auch ihre Lebensgrundlage. Und ihre große Liebe. Das Haus würde sie nicht halten können. Als sie das realisierte, brach sie wieder in einen Weinkrampf aus. „Und alles wegen einer übergewichtigen, dummen, irischen Kuh, die zwanzig Jahre jünger ist als ich", heulte sie in ihr Taschentuch. Das Leben war nicht fair.

Anne hatte Lust, sich zu betrinken. Da sie aber nichts Alkoholisches im Haus hatten – John war vehementer Nichttrinker und überzeugter Nichtraucher – blieb ihr nur eines: ins Bett gehen, die Decke über den Kopf ziehen und sterben!

Nach einem traumlosen Schlaf erwachte sie am späten Nachmittag vom Klingeln des Telefons. Sie fühlte sich zu matt, um aufzustehen. Aber das Klingeln wollte einfach nicht verstummen. Sie raffte sich auf, ging in den Flur, nahm den Hörer ab und meldete sich mit einem kläglichen Hallo. Sie hoffte, es wäre John. Aber schon ertönte die fröhliche Stimme ihrer Freundin Nele Severing. „Hey, was ist los?", fragte Nele erstaunt. „Weinst du?"

Anne war erleichtert. Es war schön, die Stimme der Freundin zu hören. Sie klang so nah. Dabei lebte Nele mit Mann, Tochter und dementer Mutter seit drei Wochen in Südfrankreich. Das abenteuerlustige Künstlerpaar aus Oldenburg hatte sich dort ein großes Anwesen mit etlichen Ferienwohnungen gekauft.

„Was ist los? Sag schon!" Nele schien sich Sorgen zu machen.

„Alles ist los, beziehungsweise aus", antwortete Anne. Dann brach es tränenreich aus ihr heraus. Als alles erzählt war, kam von Nele nur ein kurzes: „Mistkerl!"

Das Schluchzen am deutschen Ende der Leitung wurde wieder lauter.

„Hey, Mädchen! Jetzt hör mal zu! Pack deine Sachen, kündige die Wohnung sofort und stell deine Sachen erst einmal bei uns im alten Atelier unter. Hörst du? Und dann komm sofort hierher. Komm nach Frankreich. Wir brauchen dringend deine Hilfe hier. Deshalb rufe ich eigentlich an. Wir haben hier ein Megaproblem und das heißt Mutter. Du kennst sie ja. Sie macht uns alle wahnsinnig. Ich brauche einen Oma-Sitter, und zwar gestern. Ich kann dir zwar kein dickes Gehalt zahlen, aber ein gutes Taschengeld. Kost und Logis sind selbstverständlich frei. Was sagst du? Sag ja, bitte, bitte! Und komm so schnell wie möglich. Luftveränderung ist das beste Mittel gegen Liebeskummer." Und so kam es, dass Anne knappe zwei Wochen später mit der Bahn ins Abenteuer Südfrankreich aufbrach.

KAPITEL 2

Ray Johnson war genervt. Schon den ganzen Tag ertönte Technomusik aus der Nachbarwohnung. Jetzt war es Abend und er wollte in Ruhe sein Buch lesen, aber die Hitze des New Yorker Sommers, verbunden mit der allabendlichen Schwüle, ließen es nicht zu, die Fenster geschlossen zu halten. Und die alte Klimaanlage war schon seit Tagen defekt. Er würde morgen gleich den Vermieter deswegen anrufen.

Er goss sich noch ein Glas Fitou ein und betrachtete die dunkle Farbe des Weines. Das Glas vibrierte leicht auf dem kleinen runden Tisch. Dann fühlte er das Vibrieren auch in seinem Körper und ihm wurde schlecht. Seit der neue Nachbar eingezogen war, fühlte er sich ständig gestört. Türen knallten, Männergeschrei und laute Musik waren an der Tagesordnung. Er fragte sich ständig, was dort wohl vor sich ging.

Ray Johnson wohnte seit zwei Jahren hier. Das Haus in der Bronx war alt und die Wohnung im dritten Stock günstig. Er hatte alles selbst renoviert und aus dem dunklen Loch eine helle freundliche Bleibe gemacht. Hier wohnte man ruhig und auch anonym. Er mochte das. Er brauchte das. Ohne eine gewisse Ruhe konnte er nicht schreiben. Und schreiben war sein Job. Er wusste, er würde nie den Booker-Preis bekommen für seine Bücher, aber sie sicherten ihm einen bescheidenen Lebensunterhalt. Seit sein Verleger Harry Goldberg ihm die Serie von Groschenromanen übertragen hatte, befand sich regelmäßig eine gewisse Summe auf seinem Konto. Zur Hölle mit schöngeistiger Literatur! Wie viele Literaten waren den Hungertod gestorben? Das hatte er nicht vor. Und solange die Ideen kamen, war alles okay. Nur bei diesem Lärm wurde es kritisch.

Er trank einen weiteren Schluck Rotwein. Der Geschmack erinnerte ihn an Brombeeren, an seine Kindheit in Iowa und an seine aus Polen stammende Großmutter. Brombeeren auf Pfannkuchen – sein Ferienfrühstück, Mittagessen und Abendmahl.

Sein Magen fing plötzlich an zu knurren. Er hatte seit heute Mittag nichts mehr gegessen, vielleicht war ihm deshalb so flau. Er stand auf und ging in die kleine gemütliche Küche. Sie grenzte an die Nachbarwohnung, aus der jetzt wieder laute Stimmen kamen. Dann ein dumpfer Knall, als wenn jemand etwas Schweres an die Wand wirft. Die Gläser im Regal klirrten leise. Die Wände dieses Hauses waren einfach zu dünn. Und jetzt reichte es ihm.

Er marschierte zur Haustür und über den dunklen Treppenhausflur, hatte den Finger schon auf der Klingel des Nachbarn, als er den Schuss hörte. Es war definitiv ein Schuss, nicht sehr laut, nicht ohrenbetäubend. Aber ein Schuss. Dann war es plötzlich still. Keine Musik mehr, keine anderen Geräusche. Er zögerte und plötzlich kam die Erkenntnis: Der Schuss war in dieser Wohnung gefallen. Holy Shit! Das bedeutete Ärger. Schnell drehte er sich um, rannte in seine Wohnung zurück und verschloss die Tür schnell und leise. Er drückte sein Ohr gegen die kalte Metallplatte und horchte. Nichts. Sein Atem ging schnell, der Puls ebenfalls. Jetzt wurde die Tür des Nachbarn geöffnet, jemand ging langsam die knarrende Holztreppe hinab. Er hielt den Atem an. Dann schlich er zum offenen

Wohnzimmerfenster und schaute vorsichtig hinaus. Unten vor dem Haus standen zwei Männer neben einer schwarzen Limousine, ein dritter trat gerade aus dem Eingang auf die Straße. Sie sprachen leise miteinander. Als sie ins Auto stiegen, schaute der dritte Mann plötzlich – einer Eingebung folgend – zu ihm hoch. Ihre Blicke trafen sich nur kurz. Ray wusste in diesem Augenblick, dass er Zeuge eines Verbrechens geworden war. Und der Mörder wusste es auch.

KAPITEL 3

Jean-Jacques Villon saß in seinem abgedunkelten Dienstzimmer im Rathaus von Villefranche-sur-Arize und trank seinen morgendlichen Petite Noir, den seine Sekretärin Brigitte täglich um Punkt zehn Uhr brachte. Heute legte sie außerdem eine Mappe auf den Tisch und wartete auf seine Unterschriften. „Ich bringe sie gleich rüber, ich muss erst noch ein dringendes Gespräch führen", sagte er mit wichtiger Stimme.

Sie kannte das schon und verließ ärgerlich den Raum.

Jean-Jacques griff zum Telefon und wählte. „Bonjour, ist Monsieur Bennier da? Gut, dann rufe ich später wieder an. Oder besser, er soll heute bei mir vorbeikommen. Heute! Ja, das ist ein Befehl." Er knallte den Hörer auf und trank seinen Kaffee in einem großen Schluck aus. Was bildete sich dieser Mensch ein? Dass er, Bürgermeister Villon, sich erpressen ließ? Was war schon dabei, eine Affäre zu haben? Jeder echte Franzose hatte irgendwann mal eine Affäre. Seine Frau Helene wusste es wahrscheinlich schon lange, sie strafte ihn täglich mit hohen Kreditkartenabrechnungen und teuren Urlauben mit Freundinnen in Cannes und Paris. Sollte sie doch. Solange sie ihn in Ruhe ließ. Sie hatten sich seit Jahren nichts mehr zu sagen. Aber sie hatte versprochen, ihn im bevorstehenden Wahlkampf zu unterstützen. Nur das zählte jetzt.

Jean-Jacques dachte an das Gespräch vom Vorabend zurück. Bennier war Bauunternehmer und ein wichtiger Geschäftsmann in seinem Dorf. Seit Jahren versuchte er, die alte ungenutzte Schule von Rieu von der Gemeinde zu kaufen. Aber das wollte Jean-Jacques nicht zulassen. Es hingen zu viele Erinnerungen an diesem Gebäude und an seine Schulzeit dort. Einfach abreißen, um ein Hotel dort zu bauen, das konnte er nicht zulassen. Er war sentimental, auch als Sozialist. Nein, Bennier würde ihn nicht umstimmen. Nicht mit Geld und schon gar nicht mit Erpressung. Diese Ratte soll mich noch kennenlernen, dachte er voller Wut und öffnete die Korrespondenzmappe.

Der erste Brief war ein Schreiben an den Kirchenvorstand des Ortes. Er enthielt eine Absage bezüglich der Restaurierung der Kirchenfenster der kleinen Wallfahrtskirche auf dem Weg nach Murat. Obwohl alle Kirchengebäude dem Staat gehörten und er, oder besser die Stadtverwaltung, eigentlich für den Unterhalt verantwortlich war, hatten die Kirchenmitglieder und Besucher der Kapelle seit Jahren Geld gesammelt und baten nun um einen Zuschuss von achtzigtausend Francs für die Restaurierung. Aber Geld war knapp, seit der Sozialetat immer weiter stieg. All diese Aussteiger, die sich hier im Tal mit ihren Familien angesiedelt hatten, mussten unterstützt werden. Leute, nicht nur aus dem Département Ariège, sondern aus ganz Frankreich und sogar dem Ausland. Hier konnte man günstig leben und frei sein. Jean-Jacques gefiel das, es wäre auch gerne so ein Hippie geworden. Aber das Leben hatte einen anderen Weg für ihn vorgesehen.

Im Tal gab es alte Häuser, solide aus Stein gebaut, von ihren Bewohnern verlassen, fast verfallen. Jetzt wurden sie von diesem bunten Völkchen renoviert. Alte Gärten erblühten neu, es wurden wieder Gemüse angebaut und Nutztiere gehalten. Der sonntägliche Bauernmarkt war dadurch zur regionalen Attraktion geworden – für

Einheimische und Touristen. Handgemachter Ziegenkäse, exotische Gemüse und selbstgemachte Feigenmarmelade bereicherten nun das Marktsortiment.

Der Kindergarten war vergrößert worden und die Schule blieb von einer Schließung verschont. Viele Geschäfte konnten sich retten und die Alten des Dorfes freuten sich über neues Leben. Auch wenn die Neuankömmlinge schon sonderbar anzuschauen waren. Junge Leute in bunten Kleidern, einige mit Rastalocken, die abenteuerlich gekleideten, rotznäsigen Kinder, die überall wild umherrannten, und die vielen Hunde, friedliche Promenadenmischungen, die an Markttagen faul in der Sonne lagen und das bunte Treiben entspannt beobachteten. Das alles hatte etwas Mittelalterliches an sich.

Jean-Jacques liebte die Markttage und das Leben hier. Er war zufrieden. Auch wenn es die Gemeinde Geld kostete. Aber das Geld blieb so auch im Ort und kurbelte die örtliche Wirtschaft und den Tourismus an. Benniers dreckiges Geld hingegen ging nach Andorra ins Steuerparadies. Davon hatte hier keiner etwas. Jean-Jacques war nicht umsonst Sozialist. Leben und leben lassen, das war seine Devise. Nur mit der Kirche hatte er nicht ganz so viel am Hut.

Bei diesem Gedanken angekommen, seufzte er, nahm den Federhalter und unterschrieb. Sollte der Kirchenvorstand doch sehen, wie er die Fenster repariert bekam. Irgendetwas würde sich schon noch ergeben. Er hatte jetzt andere Sorgen.

Der zweite Brief in der Mappe war schnell gelesen und unterschrieben. Dann kam ein kurzer Brief. Er las ihn durch und seufzte erneut. Vor drei Monaten war sein alter Freund Patrick gestorben. Plötzlicher Tod durch Herzinfarkt. Alle waren überrascht gewesen. Patrick hatte eine kleine Möbel-fabrik besessen, die seit seinem Ableben geschlossen war. Jean-Jacques hatte bisher noch keinen Nachfolger gefunden, die letzten fünf Arbeiter waren inzwischen gegangen und hatten neue Arbeitsstellen in Foix und Toulouse angenommen. Nun galt es, die Maschinen zu verkaufen. Der Brief war an die Zeitung „Zero Neuf" gerichtet und beinhaltete einen Anzeigentext für den Verkauf der Maschinen. Vielleicht lässt sich hier etwas Geld rausholen, um Patricks Mietschulden bei der Gemeinde zu begleichen, dachte er verbittert. Dann würde er einen neuen Mieter für die Halle suchen.

Mitten in der Unterschrift klingelte das Telefon. „Ja bitte? Gut, stellen Sie durch, Brigitte." Schnell wischte er sich den Schweiß von der Stirn. Was um Himmels willen wollte der Präfekt aus Foix von ihm? Wenn sein oberster Chef anrief, bedeutete das nur eines: Ärger!

„Hallo, ja, ich habe einen Moment Zeit. Was kann ich für Sie tun? Aha, ... aha, selbstverständlich. Ich verstehe. Absolute Diskretion. Selbstverständlich. Was sagt die Gendarmerie dazu? Schaffen die das? Gut, ich bin dabei. Ist ja etwas ungewöhnlich, die ganze Sache. Aber wir müssen es versuchen ..., ja, ich habe da auch schon so eine Idee. Das Haus wäre ideal. Sehr abgelegen. Gut, ich melde mich bis morgen." Er legte den Hörer auf die Gabel. Was es alles gab! Er konnte es nicht glauben. Aber er fühlte sich auch geehrt, dass der Präfekt ausgerechnet ihn mit dieser heiklen Angelegenheit betraut hatte. Das bedeutet zweierlei: Erstens vertraute er Jean-Jacques als Mensch und zweitens ging er offensichtlich von Jean-Jacques' Wiederwahl aus. Das war gut.

Zufrieden schaute er auf den letzten Brief in der Mappe. Ja, auch diese Angelegenheit war gut. Der Brief war an den jungen Glasbläser gerichtet, der erst kürzlich aus Tschechien hier in die Gegend gezogen war und seine junge Familie mitgebracht hatte. Einen Glasbläser hier im Ort zu haben, knüpfte an eine jahrhundertealte Handwerkstradition des Ortes an. Seit dem Mittelalter hatte es Glashütten hier gegeben. Der Sand der Arize hatte dabei eine wesentliche Rolle gespielt. Glasflaschen aus Villefranche hatten im Süden einen guten Ruf gehabt. Im Museum gab es noch viele Exemplare der alten Glasproduktion. Leider waren die kleinen Werkstätten und Fabriken in den Dreißigerjahren während der Rezession gestorben. Mit diesem Glasbläser im Ort könnte man das Handwerk wiederbeleben und es würden noch mehr Touristen kommen. Und alle konnten davon profitieren, vor allem die Geschäfte und Restaurants. Er sah schon die vielen Busse vor sich und rieb sich vergnügt die Hände, griff zum Federhalter und unterschrieb.

Jean-Jacques schaute auf die Uhr an der Wand. Es war fast Midi, das hieß Mittagspause, und Margarethe wartete sicher schon sehnsüchtig auf ihn. Ob sie heute wohl das kleine Geschenk aus schwarzer Spitze trug?

KAPITEL 4

„Das war keine so gute Idee von dir", sagte Jan Severing vorwurfsvoll zu seiner Frau, die ihm am Küchentisch gegenübersaß. Sie stritten sich nun schon über eine Stunde.

Nele verzog das Gesicht. „Aber wir brauchen sie wirklich. Ich schaffe das nicht allein. Ich soll die Galerie einrichten, die Ferienwohnungen putzen, Frühstück machen und mit den Gästen Tagestouren unternehmen. Wer bitte soll sich um Mutter kümmern? Wenn sie noch einmal wegläuft und die Gendarmen sie aufgreifen und zurückbringen, gibt es eine saftige Rechnung von denen. Bitte erspare mir das." Nele erhob sich und schaute aus dem Küchenfenster auf die Kiesauffahrt ihres neuen Anwesens. Sie hatte sich das Leben in Südfrankreich etwas entspannter vorgestellt. Jetzt gab es nur Stress. Jan war immer noch nicht mit der Renovierung der letzten beiden Ferienwohnungen fertig und musste dazu noch täglich in die benachbarte Stadt zum Baumarkt fahren, weil immer irgendwelche Teile fehlten oder nicht passten. Das kostete Zeit und Geld. Geld, das nicht auf Bäumen wuchs, wie er immer wieder erklärte. Inzwischen waren die eisernen Reserven fast am Ende und neue Gäste hatten sich nicht vor September angemeldet. Nun stritten sich Jan und Nele, ob sie sich Anne überhaupt leisten konnten. Anfangs hatten sich die Severings über ihre Mithilfe gefreut. Aber bald wurde auch klar, dass sie sich keine Hilfe leisten konnten. Mutters Rente musste für alles reichen, bis das Gästehaus lief.

Nele sah in den schönen Garten. Dafür müsste eigentlich ein Gärtner her. Das Grundstück war ein Traum. Die

Gegend war ein Traum. In der Ferne sah sie die schneebedeckten Gipfel der Pyrenäen. Irgendwo dort lag auch die spanische Grenze. Es gab hübsche Städte und Dörfer hier mit kleinen Märkten und Straßencafés. Aber seit sie hierhergezogen waren, fanden sie kaum Zeit dafür.

„Wo ist deine Mutter eigentlich?" Jan blickte seine Frau an, die, wie so oft, am Fenster stand und hinausstarrte. Ihr Mund bekam in letzter Zeit so einen bitteren Ausdruck.

Sie drehte sich langsam um. Ihr Ton klang genervt, als sie antwortete: „Ich weiß es nicht und es ist mir auch egal. Anne wird mir ihr spazieren gehen. Vielleicht sind sie zum Melonenfeld gegangen." Dominique, der Nachbar, hatte am Morgen gefragt, ob sie Melonen möchten. Nele hatte das Angebot gerne angenommen und Anne gebeten, bei Gelegenheit dort vorbeizuschauen. Die Melonenernte war dieses Jahr zwar üppig ausgefallen, da aber die Früchte im Frühjahr verhagelt waren, hatte ein Großteil Verformungen in der Schale und war daher nicht von den Großhändlern der Supermärkte akzeptiert worden. So wurden die Melonen nur regional auf den Bauernmärkten angeboten oder sogar verschenkt.

Jan stand nun auf und kehrte zu seiner Arbeit im zweiten Stockwerk zurück. Er war fast fertig mit den Appartements, er brauchte nur noch die beiden Miniküchen einzubauen. Wie gut, dachte er, dass ich nicht nur Kunsthandwerker bin, sondern ein Allroundtalent. Französische Handwerker hatten einen schlechten Ruf. Alle hatten ihn im Vorfeld gewarnt. Und sie hatten recht gehabt. Er musste ständig nachbessern. Das kostete Geld, Zeit und Nerven. Und dann noch Neles Gemecker: „Denk dran, unsere Gäste erwarten einen gewissen Standard. Die sind verwöhnt. Wenn nicht alles top ist, wollen sie vielleicht ihr Geld zurück am Ende des Urlaubs. Wir kennen das ja. Also keine Kompromisse bitte!"

Er holte tief Luft, nahm die Schlagbohrmaschine in die Hand und spannte den nächsten Bohrer ein. Es war der vierte heute und der dreiundzwanzigste seit Arbeitsbeginn vor zwei Monaten. Die Natursteinwände brachten jede Bohrspitze zum Glühen. Er seufzte und machte sich wieder an die Arbeit. Er sollte Aktien der Steinbohrerhersteller kaufen.

Anne rannte den Weg entlang. Die Nachmittagssonne brannte erbarmungslos. Zu ihrer Rechten erstreckte sich das riesige Melonenfeld, zur Linken ein kleiner Waldstreifen mit Kiefern. Sie hielt die Hände zum Schutz über ihre Augen. Wo war sie nur hingerannt? Sie ging ein paar Schritte ins Gehölz und horchte. Nichts. Kein Knacken von trockenen Zweigen, keine Stimmen. Diese Frau war wie ein Wiesel. Klein, dünn und flink. Bei Anne kam Panik auf. Da hörte sie Schritte auf dem Weg. „Haben Sie Frau Herzog gefunden?", rief sie.

Melonenbauer Dominique schüttelte den Kopf und gestikulierte mit den Armen. Er wischte sich den Schweiß von der Stirn. Sein Gesicht hatte eine ungesunde bläuliche Färbung angenommen und er rang nach Luft. Die beiden standen sich unschlüssig gegenüber. Wie war das nur möglich? Noch vor zehn Minuten hatten sie zu dritt auf dem Hof gestanden, Dominique hatte aus einer Kiste ein paar Melonen gesucht, die Anne in ihren Korb legte. Er versuchte ihr zu erklären, dass man den Reifegrad der Frucht durch zwei Dinge erkennen konnte, erstens am

Geruch und zweitens durch Klopfen. Er klopfte mit dem Zeigefingerknöchel auf die Schalen verschiedener Melonen und es hörte sich tatsächlich unterschiedlich an. Er reichte Anne eine große Melone mit dem Hinweis „pour demain", für morgen. Als sie wieder aufblickte, war Frau Herzog verschwunden. Zuerst hatten sie zusammen den Hof abgesucht, dann die Innenräume, dann die Umgebung. Oma Herzog blieb verschwunden. Anne war verzweifelt. Es war das dritte Mal in dieser Woche, dass ihr die alte Dame entwischt war. Nele würde nicht begeistert sein. Sie musste sie schnellstmöglich finden. Die alte Dame konnte noch nicht weit sein.

Einen Kilometer entfernt stand eine kleine, alte Dame in einem rot-weiß-karierten Sommerkleid und mit zerzausten weißen Haaren am Straßenrand und hob den Daumen. Die Franzosen hupten und fuhren haarscharf an ihr vorbei. Sie schickte ihnen eine geballte Faust hinterher. Schließlich näherte sich ein Wohnmobil. Frau Herzog kniff die Augen zusammen und schaute auf das Kennzeichen. Ein triumphierendes Lächeln erschien auf ihrem faltigen Gesicht: OL – Oldenburg. Die müssen anhalten. Oldenburg ist gut. Sie wartete noch einen Augenblick und dann sprang sie auf die Fahrbahn, direkt vor das Fahrzeug. Der Fahrer machte eine Vollbremsung und brachte das schwere Gefährt einen Meter vor der alten Dame zum Stillstand. Er und seine Beifahrerin saßen leichenblass und in Schockstarre verharrend hinter der großen Scheibe.

Frau Herzog hatte es eilig. Sie klopfte an das Beifahrerfenster. „Hallo, können Sie mich wohl nach Hause bringen? Ich will nach Bad Zwischenahn. Aber bitte schnell.

Ich muss zu Hause sein, wenn die Kinder aus der Schule kommen."

Robert und Erna Diekmann sahen mit großen Augen zur alten Dame und sich dann gegenseitig an. „Ich glaube, ich bin im falschen Film", murmelte Erna.

„Jo, da könntest du recht haben, Erna." Robert fuhr sich mit beiden Händen über das Gesicht. Erna beugte sich nach hinten und öffnete die Seitentür und ließ Frau Herzog einsteigen, die es sich sofort auf dem hinteren Sitz bequem machte.

„Also los, worauf warten Sie noch? Ich habe nicht ewig Zeit." Die alte Dame blickte voller Zuversicht und Erwartung auf den Fahrer, der ganz brav den ersten Gang einlegte und langsam anfuhr.

Erna drehte sich um. Die alte Frau schaute interessiert aus dem Fenster und sagte: „Schön ist es ja hier im Ammerland, aber all diese Ausländer überall. Schrecklich. Kein Mensch spricht mehr Deutsch. Wo soll das nur hinführen?"

Erna lachte kopfschüttelnd. „Gute Frau, das könnte daran liegen, dass wir hier in Frankreich sind. Wie heißen Sie und wo wohnen Sie?"

Oma Herzog stellte sich taub. Sie hasste neugierige Frauen.

Aber Erna Diekmann blieb hartnäckig: „Hallo?", fasste sie nach. „Wohnen Sie hier? Oder sind Sie zu Besuch hier? Im Urlaub vielleicht?" Was sollten sie nur mit der Frau machen?

Das Wohnmobil erreichte einen hübschen kleinen Ort. Das erste Haus auf der rechten Seite trug ein blau-weißes Schild. Als Robert es sah, erhellte sich sein Gesicht und er machte die zweite Vollbremsung des Tages und bog auf den Vorhof der Gendarmerie ein. Sollten sich doch andere um diese Frau kümmern. Schließlich waren sie im Urlaub und hatten dafür keine Zeit.

Nach einem langen heißen Tag mit Aufregung und Ärger saßen Jan, Nele und Anne unter den hohen Platanen und genossen ein Glas Wein. Irgendwo hoch über ihnen sangen die Nachtigallen ihre betörenden Lieder und rundherum zirpten die Grillen. „So habe ich mir das Leben hier vorgestellt." Nele nickte zufrieden. Sie erhob das Glas. „Auf Anne."

Anne war peinlich berührt. „Auf die unbekannten Wohnmobilfahrer und die Gendarmen", sagte sie schüchtern.

„Auf unsere Oma! Ohne sie wäre das Leben doch langweilig, oder?", rief Nele überschwänglich. Sie war leicht betrunken. Die Gläser klirrten aneinander. Dann verfiel die kleine Gruppe wieder in tiefes Schweigen.

Anne dachte an den Nachmittag zurück und hatte beschlossen, dass sie diese Verantwortung nicht länger übernehmen wollte. Das war keine Arbeit für sie. Sie sehnte sich nach einer Werkstatt, nach Freiheit, nach Eigenständigkeit. Wie sollte es für sie weitergehen?

„Anne, du solltest mal einen Tag freimachen. Wie wäre es mit einem kleinen Ausflug morgen?" Nele schaute Anne erwartungsvoll an.

Jan setzte sich auf. „Gute Idee. Komm doch morgen mit. Ich muss nach Villefranche-sur-Arize fahren und mir ein paar Maschinen dort anschauen. Vielleicht ist etwas dabei, was ich für meine Tischlerwerkstatt gebrauchen kann. Und die Fahrt dorthin ist wirklich schön. Nele hat recht, komm einfach mit."

Kapitel 5

Sie fuhren gleich nach dem Frühstück los. Der Himmel war wolkenlos und die Sonne brannte bereits auf die Landschaft. Das Auto fuhr die schmale Straße nach Fanjeaux hoch, schlängelte sich dann durch die engen Dorfgassen, vorbei am Kloster und der Kirche. Hier oben wehte eine leichte Brise. Von Fanjeaux aus nahmen sie die Straße nach Westen. Anne schaute vom Fenster aus auf die hügelige Landschaft. Die Felder und Wiesen waren hellgelb, das Gras seit Monaten verdorrt. Straßen und Wege waren durch dunkelgrüne Zypressen markiert. „Sieht aus wie in der Toskana", bemerkte sie leise.

Jan nickte. „Ja, das fanden wir auch, als wir das erste Mal hierherkamen." Er fuhr etwas langsamer. „Nur dass man dort nicht so einen herrlichen Blick auf die Pyrenäen hat. Schau mal dort", er zeigte auf einen entfernten Berg, „das ist Montségur, der Katharerfelsen mit der Burg."

Anne hatte in den letzten Wochen viel über die Geschichte der Region gelesen. Es war eine blutige Geschichte. Die religiöse Verfolgung der Katharer, Inquisition und die Kreuzzüge – alles Teil dieser Landschaft. Dass hier vor langer Zeit so viel Schreckliches geschehen war, ließ diese liebliche Landschaft heute nicht mehr erahnen.

Nach einer Stunde Fahrt änderte sich die Landschaft. Sie fuhren vorbei an bewaldeten Hügeln und durch grüne Täler und passierten reißende Bergbäche. Am Fuße der Hügel waren saftig grüne Wiesen mit kleinen Herden von Kühen, mal graue, mal braune Tiere. So ganz anders als in Norddeutschland, wo die meisten Kühe schwarz-weiß waren. Anne war fasziniert. Sie fuhren durch kleine Orte mit graugelben Sandsteinhäusern. Fensterläden und Türen sahen verwittert aus und waren fest verschlossen. „Wohnt hier eigentlich noch jemand?", fragte sie Jan.

„Aber ja, die Leute machen nur die Fensterläden zu, um die Hitze draußen zu halten. Diese Häuser haben dicke Wände und sind innen schön kühl", erklärte er.

Sie kamen an eine Straßenkreuzung und bogen nach rechts ab. Die schmale Straße führte jetzt durch ein helles weites Tal. Dann folgten sie dem kleinen Fluss Arize. Jan blickte auf seine Armbanduhr. „Und jetzt kommt gleich etwas absolut Sensationelles."

Anne schaute gespannt aus dem Fenster. Sie fuhren durch einen winzigen Ort mit vielleicht zehn Häusern, die sich eng an eine hohe, graue Felswand schmiegten. Oben auf dem Felskamm thronte eine Marienstatue. Eine kleine Kapelle mit einem Kreuzweg schlängelte sich hinter der Kirche im Zickzack den Fels hinauf. Dann kam eine Abzweigung nach links. An der Ecke stand ein altes Schulgebäude mit einer langen Reihe von Toilettenhäuschen auf dem Schulhof. Alles war mit Unkraut überwuchert. Anne schaute träumerisch auf dieses Gebäude und die kleine Häuserreihe mit der dahinterliegenden Felswand. Was für eine Idylle.

Nach ein paar hundert Metern machte die Straße einen großen Bogen nach links. Und dann blieb Anne der Mund offen stehen. Vor ihnen tat sich ein gigantisches Loch im Felsen auf und die Straße schien direkt dort hineinzuführen.

„Da staunst du, was?" Jan wurde ganz aufgeregt. „Das muss die einzige Höhle in der Welt sein, durch die man mit dem Auto fahren kann. Hier hat sich der Fluss Arize über Zigtausende von Jahren einen Weg durch den Fels gespült. In den 1930er-Jahren hat man dann parallel zum Fluss eine Straße gebaut. Ist das nicht sensationell?" Er schaltete das Autolicht an und drosselte seine Geschwindigkeit auf Schritttempo. Hinter ihm hupte und blinkte ein offensichtlich genervter Einheimischer.

Der erste Teil der Höhle war wie eine gigantische Halle, dann verengte sich der Fels und die Straße verschwand in einer Art dunklem Tunnel mit rauer Felsdecke und Ecken und Kanten. Es schien erdrückend, war aber hoch genug, dass auch Lastwagen und Busse hindurchpassten. Ein Touristenbus parkte in einer beleuchteten Parkbucht mitten im Tunnel. Im Vorbeifahren sahen sie, dass dort der Eingang zu einem Höhlenmuseum war, in dem prähistorische Felsenmalereien bewundert werden konnten.

Von links hörte sie das laute Rauschen des Flusses; sehen konnte sie ihn nicht, weil die Straße von einer Felsmauer eingefasst war. Die Autos erzeugten ein leichtes Echo, die Luft war kühl und roch modrig. Dann war auch schon das Ende der Höhle in Sicht. Als der Wagen die Dunkelheit verließ, wurden sie vom hellen Licht geblendet.

Anne kniff die Augen zusammen. Sie fuhren an ein paar kleinen verfallenen Häusern vorbei, dann tauchte links ein merkwürdiges rotes Backsteinhaus auf. „Jan, halt an! Das muss ich mir ansehen", rief Anne aufgeregt.

Er bremste prompt und parkte den Wagen am Straßenrand. Anne riss die Wagentür auf und lief über die Straße zu dem Gebäude. Es sah merkwürdig aus, hatte lange, schmale, hohe Fensterlöcher. Anne stellte sich auf die Zehenspitzen, um ins Innere zu schauen. Innen war ein großes Becken aus Beton, das offensichtlich mal ein

Wasserspeicher war. „Ist das nicht fantastisch? Das könnte man doch umbauen und eine Werkstatt daraus machen. Oh, ich kann es mir schon vorstellen. Das wäre ideal für mich. Und dann die Lage. Hier fahren doch viele Touristen vorbei." Anne war begeistert von ihrer Idee. Sie sah alles ganz klar vor sich. Wem gehörte wohl dieses Gebäude?

Jan war ebenfalls fasziniert. „Ich treffe mich gleich mit dem Bürgermeister, dann können wir ja mal fragen, was es mit dem Haus auf sich hat", schlug er vor.

Jean-Jacques Villon saß in seinem Büro und schaute auf die Wanduhr. Es war fast zehn Uhr. Hoffentlich war dieser Deutsche pünktlich. Er hatte noch einige Termine an diesem Morgen. Er trank seinen Petite Noir und widmete sich wieder seiner Unterschriftenmappe.

Er fühlte sich krank. Die letzten Tage hatten ihn stark mitgenommen. Seine Frau hatte ihn vor ein paar Tagen verlassen und die Scheidung eingereicht. Bennier würde dafür büßen müssen. Und dann der Schock seines Lebens: Seine heißgeliebte Margarethe war mit einem jungen Spanier nach Barcelona durchgebrannt. Fünfzehn Jahre jünger. Das war unglaublich! Seitdem fühlte er sich alt. Richtig alt.

Draußen fuhr ein alter Peugeot vor mit dem Kennzeichen des Départements Aude. Das musste der Deutsche sein.

Jean-Jacques stand auf und ging zur Eingangshalle, um den Besucher zu begrüßen. Der hatte offensichtlich seine Frau mitgebracht. Sei es drum. Obwohl – was verstanden Frauen schon von Maschinen? Wahrscheinlich war sie mitgekommen, um das Scheckbuch unter Verschluss zu halten. Er lächelte bei dem Gedanken.

Die alte Fabrikhalle war bereits fast leergeräumt. Jan schaute sich interessiert die Tischsäge und eine automatische Fräse an. Schnell wurde man sich über den Preis einig. Jan bot an, die Maschinen am nächsten Tag mit einem Anhänger abzuholen. Er war froh, dass Monsieur Villon etwas Englisch sprach, und so gestalteten sich die Verkaufsmodalitäten relativ leicht.

Anne wurde indessen unruhig. Hatte Jan das rote Gebäude vergessen? Sie musste selbst danach fragen. Der Bürgermeister hatte sie zwar anfangs freundlich begrüßt, sie dann aber erfolgreich ignoriert. Sie fasste sich ein Herz und sprach ihn auf Englisch an.

Jean-Jacques kratzte sich am Kopf. „Madame, das Haus ist bereits vergeben. Da zieht ein Glaskünstler ein. Es wird demnächst renoviert und umgebaut. Désolé! Sorry!"

Anne war enttäuscht, wollte aber so schnell nicht aufgeben. „Ich bin auch Glaskünstlerin. Ich mache Bleiverglasungen", sagte sie.

Aber Villon wollte keine weiteren Diskussionen, doch dann stutzte er und fragte zögerlich: „Renovieren Sie zufällig auch Kirchenfenster?"

Anne nickte und schenkte ihm ihr strahlendstes Lächeln.

Villon musterte die Frau von oben bis unten. Anfang vierzig, nette Figur, gute Oberweite, starke Arme. Also, eine Frau, die Kirchenfenster restaurierte. Interessant. Sehr interessant! „Bon, ich habe da so eine Idee. Kennen Sie die kleine Kapelle in Rieu? Gleich hinter der Grotte an der Straße nach Maury?"

Anne überlegte. Jan antwortete für sie. „Wir sind gerade daran vorbeigefahren."

„Dann fahren Sie gleich noch einmal hin und schauen Sie sich die kaputten Fenster dort an. Vielleicht habe ich einen Job für Sie. Wenn Sie die reparieren können, kommen Sie gleich wieder in der Mairie vorbei. Dann können wir alles Weitere besprechen." Villon drehte sich um und stapfte zufrieden davon.

„Okay, dann mal los." Jan nahm Annes Arm und zog sie gut gelaunt zum Auto.

Die Tür zur Kapelle war unverschlossen. Ein modriger Geruch empfing die beiden. Anne sah mit einem Blick, dass hier dringende Hilfe nötig war. Die Buntglasfenster, höchstwahrscheinlich aus dem neunzehnten Jahrhundert, waren in einem desolaten Zustand. Die Bleiruten waren stark verbogen, das bemalte Glas gesprungen und Teile der Fenster drohten einzustürzen. Wind, Wetter und auch Vandalismus hatten die Fenster arg in Mitleidenschaft gezogen. „Oje! Hier muss aber schnellstens gehandelt werden." Anne war erschüttert. Wie konnten so schöne Fenster so vernachlässigt werden? Sie trat noch näher und begutachtete die Malereien. Gute Arbeit. Sehr fein. Sie überlegte, taxierte Fenstergrößen, Arbeitsaufwand und Glassorten. „Das sind mindestens zwei Jahre Arbeit für mich, wenn ich es allein mache", stellte sie fest.

Jan stand ganz dicht neben ihr. „Das ist deine Chance. Mach es! Du hast so lange nach Arbeit gesucht. Wenn die Gemeinde es sich leisten kann, mach es. Und danach wird es andere Jobs hier geben. Da bin ich mir sicher. Denn alte Kirchen gibt es hier genug."

Anne überlegte immer noch. „Aber dann muss ich auch

hier irgendwo vor Ort arbeiten. Ich brauche eine Werkstatt und eine kleine Wohnung. Wie soll das gehen?"

Jan winkte ab. „Lass uns zurück zur Mairie fahren. Mal sehen, was der Bürgermeister bieten kann."

Jean-Jacques Villon hatte die Zeit genutzt, um seine Mitarbeiter in der Grundstücksabteilung zu befragen. Jetzt saß er zufrieden in seinem Büro. Er brauchte nicht allzu lange auf seine Besucher warten. Als Jan und Anne in sein Büro traten, begrüßte er sie wie alte Freunde. „Bon, und was sagen Sie? Können Sie diese alten Fenster retten?" Er schaute Anne erwartungsvoll an.

Anne strahlte ihn an und nickte. Villon lächelte zurück. Und dann begannen sie, die Modalitäten auszuhandeln. Villon war erstaunt über die Professionalität dieser Frau. War sie eigentlich eine Deutsche oder eine Engländerin? Er konnte es nicht genau sagen. Aber was Geld anging, war sie eine harte Nuss. Das imponierte ihm. Aber nach einigem Hin und Her einigte man sich. Dann kam die alles entscheidende Frage von Anne: „Und wo kann ich hier eine Werkstatt und eine Wohnung finden, die bezahlbar sind?"

Villon grinste. Darauf hatte er gewartet. Jetzt kam sein großer Moment, sein Ass im Ärmel. Er rief nach Brigitte, die etwas sehr schnell den Kopf durch die Tür steckte, und gab seine Anweisungen. Leider verstanden Jan und Anne kein Wort. Das war kaum Französisch, sondern ein harter Dialekt. Sie sahen das erstaunte Gesicht von Brigitte, das sich plötzlich dunkelrot verfärbte. Sie schnappte nach Luft und verließ dann eilig den Raum. Villon rief ihr noch etwas hinterher, drehte sich dann um und lächelte seine Besucher an. „Bon, ich habe die Lösung aller Ihrer Probleme.

Ich, Villon, bin ein Problemlöser." Er machte den Rücken gerade und richtete sich auf.

Anne sah, wie er auf die Zehenspitzen ging, um größer zu erscheinen. Jan musste innerlich lachen.

Eine gefühlte Ewigkeit später erschien Brigitte und überreichte Villon einen riesigen, alten, rostigen Schlüssel. Er nahm ihn und überreichte ihn feierlich Anne.

KAPITEL 6

Drei Wochen später ...

Es war früher Abend, Odile saß vor dem alten Schuppen neben ihrem Haus und stopfte Tomaten in eine Reihe von Einweckgläsern. Obwohl ihre alten Beine schmerzten, wollte sie noch keinen Feierabend machen. Es war Ende August und die Tomaten waren in diesem Jahr gut gewachsen und schon überreif. Mit der Hilfe ihres Mannes hatte sie bereits dreißig Gläser mit Tomatensoße eingekocht, aber es gab immer noch Tomaten im Überfluss. Ihr guter François stand im Schuppen und bewachte den Kessel mit weiteren Gläsern darin. Der Kochdampf und die abendliche Hitze machten dem Achtundsiebzigjährigen langsam zu schaffen. Eigentlich hätte er jetzt gerne Feierabend gemacht, aber Odile war unerbittlich. Die Tomaten mussten weg.

Um diese Zeit war normalerweise kaum noch Verkehr auf der kleinen Straße durchs Tal. Umso erstaunter war sie daher, als ein großer weißer Lastwagen mit einer ausländischen Beschriftung aus Richtung Villefranche kam und langsam abbremste. Dann verschwand er aus ihrem Sichtfeld. Die alte Schule von Rieu versperrte ihr den Blick. Jetzt müsste der LKW eigentlich wieder auftauchen, entweder rechts von der Schule in Richtung Maury oder abbiegen und an ihrem Haus vorbeifahren in Richtung Camerade. Aber er kam nicht. Sie stopfte die letzten Tomaten in ein Glas und streckte sich. Vielleicht hatte der LKW gehalten und der Fahrer stand in der Telefonzelle an der Ecke und erfragte sich den Weg. Das passierte des Öfteren.

Schon bald danach fuhr unten ein weißer Renault Express in gleicher Richtung vorbei. Auch der kam nicht wieder zum Vorschein. Sie schüttelte verwundert den grauen Lockenkopf. C'est drôle, wie merkwürdig, dachte sie. Dann hörte sie Autotüren schlagen und Stimmen, die sich etwas zuriefen. Es waren keine Franzosen.

Odile räumte den Tisch auf und packte die Messer und die Gewürze in den alten Korb. Sie blickte hinunter auf die Rückseite der Schule. Sie sah, wie im Flur der unbewohnten Schule das Licht anging. Dort hatte seit mehr als zehn Jahren kein Licht mehr gebrannt. Sie war sofort alarmiert. „François", rief sie aufgeregt, „François, komm mal her. Da ist jemand in der Schule!"

Ihr Mann kam aus dem Schuppen gerannt. Tatsächlich, das Licht brannte. Einbrecher! Er lief die Auffahrt hinunter bis zur Straße und sah vorsichtig um den großen Busch herum. Neben der alten Schule stand ein LKW und dahinter parkte ein Auto. Der LKW hatte ein deutsches Kennzeichen. Eine Frau, so um die vierzig, und zwei junge Kerle standen da und diskutierten nun lautstark miteinander.

Er ging noch ein paar Schritte vor und blieb in einiger Entfernung stehen und beobachtete die Gruppe weiter. Nun wurde die Ladeklappe des LKWs geöffnet und die Hebebühne nach einigem Quietschen und Rumoren heruntergefahren. Die Frau erschien mit einer Stehlampe in der Hand und ging ins Haus. Die Männer folgten mit Blumenkübeln, Kartons und den ersten Möbeln. Es fing bereits an zu dämmern.

„Mon dieu, da zieht tatsächlich jemand ein. Wer sind diese Leute?", flüsterte François.

Odile war inzwischen neben ihm und verstand sofort. Schnell watschelte sie wieder hoch zum Haus, nahm einen großen Weidenkorb und packte Gläser, Teller, eine Flasche Rotwein, eine Pastete, Baguette, Käse und frische Feigen und einen Flaschenöffner hinein. François sah sie fragend an, als sie mit dem schweren Korb die Auffahrt herunterkam. Sie drückte ihm den Korb in die Hand. „Du bist der Mann, du gehst und begrüßt sie. Finde heraus, wer da einzieht. Wenn sie wirklich aus Deutschland kommen, haben sie eine lange Reise hinter sich und sind hungrig. Sie müssen sich stärken!" Sie drehte sich um und ging zurück zum Schuppen. Die Tomatengläser warteten.

Anne lag auf einer Matratze am Boden, umgeben von Wänden aus Umzugskartons. Sie hatte sich das Klassenzimmer zur Straße hin als vorläufiges Domizil ausgesucht. Nun lag sie hier und konnte trotz der großen Müdigkeit und Erschöpfung nicht schlafen. Als sie so dalag, ließ sie die letzten Tage Revue passieren. Was war nicht alles in den letzten drei Wochen passiert. Seit jenem Tag, als sie das erste Mal nach Villefranche gekommen war. Zusammen mit Jan hatte sie sich die alte Schule angesehen und war begeistert durch das leere und verstaubte Gebäude gegangen. Das Haus aus gelbem Sandstein war innen hell und vom ersten Stockwerk aus hatte man einen wundervollen Blick aus den großen hohen Fenstern auf das Tal und auf die schneebedeckten Gipfel der Pyrenäen. Als sie mit dem rostigen Schlüssel die alte Doppeltür öffnete und in den breiten Flur schaute, wusste sie, dass sie „zu Hause" angekommen war. Das Haus hieß sie willkommen. Es war ein wundervoll magischer Moment. Sie ging langsam durch die große Doppeltür. Gleich zur Rechten war die Tür zum ersten Klassenzimmer. Sie steckte den Kopf herein. Der Raum hatte Fenster in drei Richtungen, einen riesigen Ölofen und einen Holzfußboden aus schmalen, fast schwarzen Brettern, abgelaufen und mit alten Tintenklecksen bedeckt von Generationen von Kindern des Tals. Das hatte etwas Melancholisches. Durch die Fenster an der Stirnseite des Gebäudes hatte man einen Blick auf die Felswand und die Madonna. Ja, das gefiel ihr.

Sie ging den Flur entlang. Hinter der breiten Holztreppe befand sich der Eingang zum zweiten Klassenzimmer. Dort sah es ähnlich aus. Die Fenster lagen direkt an der Straßenseite.

Sie erklomm die Treppe und ging ins Obergeschoss. Dort befanden sich zwei kleine Apartments, jeweils mit zwei Räumen und einer kleinen Küche, die außer einem großen alten Steinbecken nichts enthielten. Aber man konnte etwas daraus machen. Anne fing sofort an, die Räume im Geiste einzurichten. Hier war unendlich viel Platz.

Die breite und etwas wurmstichige Holztreppe führte weiter nach oben ins Dachgeschoss. Dort gab es noch zwei Zimmer. Sie hatte Mühe, die verrosteten Türscharniere zu öffnen. Der erste Raum präsentierte sich im Tageslicht. Die alten Tapeten hingen von der Wand. Abgesehen von einer toten Taube war der Raum leer. Sie schloss die Tür und ging über den Flur. Der zweite Raum war dunkel. Sie musste die Fensterläden öffnen. Im Tageslicht sah sie den Raum mit den alten, aufgerollten Landkarten. Die Karten waren bereits brüchig und zeigten ein Frankreich aus der

Kolonial- oder Vorkriegszeit. Daneben standen alte verstaubte Kartons auf dem Boden. Sie schaute hinein und nahm etwas heraus. Es war eine alte schwarz-weiße Ansichtskarte aus einem französischen Badeort. Sie drehte die stark vergilbte Karte um. Sie war an einen Lehrer adressiert hier an der Schule. Ein Kind hatte ihm einen säuberlich schön geschriebenen Urlaubsgruß gesandt. Der Poststempel zeigte das Jahr 1956. Anne war ganz gerührt. Es war das Jahr ihrer Geburt.

Dann ging sie wieder hinab. Unten stutzte sie – irgendetwas Wichtiges fehlte. Wo war das Badezimmer? Als sie die Treppe heraufgekommen war, hatte sie noch eine Tür gesehen. Dort musste es sein. Sie öffnete die große Tür und stand in einem kleinen Raum, der völlig leer war. Sie war enttäuscht. Das würde sie mit Villon besprechen müssen. Ohne Dusche und Toilette ging es nun wirklich nicht. Fürs Erste würde wohl eine der vielen Schultoiletten draußen auf dem Schulhof reichen müssen.

Villon hatte Wort gehalten, Strom und Wasser waren angeschlossen worden. Nächste Woche würde der Klempner kommen, das hatte er zumindest versprochen, als sie kurz vor Büroschluss den großen Schlüssel zurückgebracht hatten. Und sie hatte versprochen, so schnell wie möglich herzukommen.

Anne war müde, aber schlafen konnte sie immer noch nicht. Oben hörte sie das Schnarchen der beiden Fahrer, die es sich auf einer Luftmatratze gemütlich gemacht hatten. Sie würden am Morgen den Rest der Möbel ausladen und sofort die Rückfahrt nach Deutschland antreten. Vorher aber musste Anne noch ein Frühstück besorgen.

Sie drehte sich auf die andere Seite, fühlte ihre schmerzenden Knochen und dachte an den Abend zurück. Sie waren am frühen Abend angekommen und hatten ein paar Sachen aus dem LKW geholt und ins Haus gebracht. Da erschien aus dem Nichts ein alter Mann mit einem Korb in der Hand. Er begrüßte Anne und die beiden Fahrer, zuerst auf Französisch. Schnell merkte er, dass sie die Sprache kaum verstanden. Dann kamen ein paar englische Brocken. Langsam erklärte Anne ihm, dass sie die alte Schule vom Bürgermeister gemietet hatte und sie hier eine Glaswerkstatt einrichten wollte. Der alte Mann schien mit dieser Erklärung zufrieden und stellte den Korb auf die Steinmauer, die den Schulhof umgab, und setzte sich mit einem Schwung dazu. Dann packte er den Korb aus. Er öffnete die Flasche Wein und sie stießen an. Es war der beste Rotwein, den sie je getrunken hatte. Die Fahrer machten sich sofort über das Essen her. Und dann kam eine Frau dazu, etwas schüchtern stand sie plötzlich neben ihrem Mann. Der neue Nachbar François stellte seine Odile vor. Anne hatte sie sofort in ihr Herz geschlossen. Es war ein wunderbarer Empfang und Start in ein neues Leben. Zufrieden schloss sie die Augen und sank in einen tiefen traumlosen Schlaf.

KAPITEL 7

Anne war zufrieden mit sich und der Arbeit, die sie in den letzten beiden Wochen geschafft hatte. Sie hatte die Wohnung gesäubert, die Wände gestrichen und die Räume eingerichtet. Ein Badezimmer gab es immer noch nicht. Jeden Tag probierte sie die einzelnen Außentoiletten. Sie funktionierten alle. Da es sieben waren, gab sie ihnen die Namen der Wochentage. Aus Spaß hatte sie kleine verzierte Pappschildchen an die Türen geheftet. Sie fand das lustig. Dann hatte sie im ersten Klassenzimmer ihre Werkstatt eingerichtet. Anne hatte sich einen neuen großen Arbeitstisch gebaut und die Regale mit den Glasplatten gefüllt. Morgen würde sie mit der Arbeit in der Kapelle beginnen können.

Es war Sonntag und sie beschloss, den Vormittag für einen kleinen Erkundungsspaziergang zu nutzen. Zum Mittagessen war sie bei den neuen Nachbarn eingeladen. Das gab ihr zwei Stunden Zeit, um auf den Hügel hinter der Felswand zu wandern. Es war ein herrlicher Tag. Sie zog ihre Wanderschuhe an und machte sich auf den Weg. Sie nahm den steilen Weg an der Kapelle, vorbei an den Stationen des Kreuzweges. Oben angekommen sah sie den kleinen Friedhof und ging bedächtig zwischen den Gräbern umher. Die Aussicht hier oben war wunderschön. Was für ein Platz für eine letzte Ruhestätte. Eine Grabstelle mit Aussicht. Und mit was für einer Aussicht! Ein kleiner, mit Brombeeren überwachsener Weg führte weiter den Berghang hinauf. Sie kämpfte sich durch das Gestrüpp und war froh, dass sie die Shorts gegen eine Jeans getauscht hatte. Mehrere Male blieb sie im Gestrüpp hängen. Dann wurde der Weg wieder breiter. Er führte leicht bergab. Nach ein paar Minuten kam ein altes Steinhaus in Sicht. Das Haus war mit Efeu und weißen Kletterrosen überwuchert, es schien unbewohnt zu sein, aber Türen und Fenster waren intakt. Sie schaute vorsichtig durch die schmutzigen Fenster. Innen standen ein paar alte Möbel. Ansonsten gab es keine Anzeichen dafür, dass hier jemand lebte. Der Eingang lag an der Seite und man musste über eine kleine überdachte Terrasse gehen, um zur Tür zu gelangen. Sie war verschlossen. Dann entdeckte Anne in der Ecke zum Haus einen alten Backofen mit einer Eisentür. Sie war entzückt. Sofort stellte sie sich vor, hier zu leben und ihr Brot hier zu backen. Was für ein idyllisches kleines Haus. Wie im Märchen. Sie setzte sich auf die Stufe zur Veranda und schaute aufs Tal unter ihr. In einiger Entfernung sah sie die Straße und dann ihre alte Schule. Man hatte einen wundervollen Blick auf die Berge. Hier und da lagen verstreut ein paar Häuser und Höfe in der Entfernung. Die Grillen zirpten, die Luft roch nach frischem Gras und blühenden Rosen. Sie lehnte sich zurück und schloss die Augen. Es war eine gute Entscheidung gewesen, nach Rieu zu kommen.

In den nächsten Wochen verbrachte sie jeden Vormittag in der Kapelle. Die unteren Fensterteile hatte sie bereits herausgenommen. Sie hatte den Bürgermeister gebeten, ein Gerüst zu bestellen, um am oberen Ende die Arbeit fortsetzen zu können. Das Gerüst war am nächsten Tag aufgebaut worden. Es sah nicht sehr vertrauenswürdig aus. Aber es würde reichen müssen. Vom Kirchenvorstand hatte sich noch niemand für ihre Arbeit interessiert.

Im Ort hatte es sich inzwischen herumgesprochen, dass eine Frau in die alte Schule einzogen war. Was sie hier wollte und woher sie kam, war allen ein Rätsel. Der Bürgermeister hielt sich aus unerklärlichen Gründen sehr bedeckt. Was hatte er zu verbergen? Was ging hier vor? Hinter vorgehaltener Hand spekulierten die Menschen im Dorf.

Nicht weit entfernt von der alten Schule stand ein Bauernhof. Er gehörte Édouard Rogalle. Er lebte hier mit seinem Sohn Thierry. Sie hatten eine Herde mit siebzig Schafen, einen Hütehund und lebten hauptsächlich von Subventionen und dem Verkauf von Feuerholz und Mais. Édouard war ein griesgrämiger, hagerer Mann um die sechzig. Er war weder Menschen- noch Tierfreund. Und seinen faulen Sohn liebte er schon gar nicht. „Da fährt sie wieder zur Kapelle, diese Frau." Gerade stand er am Haus und schaute auf die Straße unterhalb des Hofes. „Ich wette, die ist auch so ein Hippie. Zieht hier allein ein und demnächst kommen dann noch ein Dutzend andere hinterher und verpesten die Luft mit ihren Joints. Ekelhaft."

Thierry stand neben ihm. „Da könntest du recht haben. Die suchen sich immer so große Häuser und hausen darin wie die Ratten. Alles Ungeziefer!" Er hatte die Frau vom ersten Tag an beobachtet. Irgendetwas war komisch an ihr. Irgendetwas stimmte nicht mit ihr. Er würde es noch herausfinden. Und Ausländerin war sie auch. Wahrscheinlich war sie aus England. Sie fuhr einen Renault Express mit dem Steuer auf der falschen Seite. Sie nannten sie daher auch die „Anglaise".

An diesem Abend saß Thierry mit seinen besten Kumpels wie jeden Abend in der Bar. Sie hatten schon einiges getrunken und nun kam das Gespräch auf die Anglaise. Thierry tat geheimnisvoll. Die Männer wollten wissen, was sie so macht. Er grinste und machte eine obszöne Geste. Die Männer lachten. Das konnte doch nicht sein. So eine sollte das sein? Na, dann würden sie es mal probieren. Sie schubsten sich gegenseitig lachend an und ihre Wahl fiel auf den unglücklichen Nicolas, dessen Frau ihm seit Jahren die Liebesdienste versagte und der permanenten Notstand hatte. Sie schlugen ihm vor, mal in der alten Schule vorbeizufahren. Dort gab es Sex für wenig Geld. Nicolas wehrte sich gegen diesen Vorschlag, aber als er später am Abend an der alten Schule vorbeifuhr, hielt er an. Warum denn nicht, dachte er sich. Besser, als in die Stadt zu fahren. Hier vor Ort war es praktischer und wahrscheinlich auch billiger. Das Licht im Flur brannte und auch oben waren drei Fenster erleuchtet. Er pochte an die Tür. Nichts rührte sich. Hatte sie nichts gehört oder war schon Kundschaft oben? Er zögerte, entschloss sich aber, doch noch einmal und lauter zu pochen. Er wartete und horchte. Ja, jetzt kam jemand die Treppe herunter. Innen wurde ein Riegel zur Seite geschoben, dann ein Schlüssel gedreht. In der geöffneten Tür stand eine große Frau um die vierzig mit rotem Hemd und blauer Latzhose, barfüßig und mit Händen voller Mehl.

Anne war gerade dabei gewesen, eine Tarte zu backen. Sie hörte das Pochen und war verwundert. Wer konnte das so spät am Abend noch sein? Vielleicht ein Nachbar? Sie versuchte, das Mehl von den Händen zu wischen und lief nach unten. Draußen vor der Tür stand ein Mann. Er roch nach Alkohol. Er schaute sie mit offenem Mund an.

Sie versuchte auf Englisch zu kommunizieren. Er verstand kein Wort. Dann fragte er nach dem Preis. Sie verstand nicht, was er wollte. In seiner Hilflosigkeit grinste er und machte eine merkwürdige Geste mit den Händen. Sie hatte keine Ahnung, was das bedeutete. Er hob die Hände vor ihr Gesicht und wiederholte die Geste. Da begriff sie und wurde rot im Gesicht. Sie wusste nicht, ob sie lachen oder ärgerlich werden sollte. Das war wohl ein Missverständnis. Sie überlegte schnell. Argumentieren konnte sie nicht, dazu reichten ihre Sprachkenntnisse nicht aus. Sie könnte ihm die Tür vor der Nase zuknallen, aber würde das ihr Problem lösen? Sie musste handeln. Es war ein Risiko, aber durchaus ein kalkulierbares. Im Notfall würde sie ihm in die Eier treten. Nicolas war verunsichert. Anne bat ihn herein, öffnete die Tür zu ihrer Werkstatt und schaltete das Licht an. Sie bat ihn herein. Auf dem großen Tisch lag ein Kirchenfenster. Er ging zögerlich ein paar Schritte auf den Tisch zu und erkannte, was dort lag: die Jungfrau Maria mit dem Jesuskind auf dem Arm. Maria lächelte ihm entgegen. Er war wie versteinert. Dann bekreuzigte er sich, entschuldigte sich leise und verließ fluchtartig das Gebäude, stürmte zum Auto und fuhr mit quietschenden Reifen in Richtung Maury davon. Er würde sich an Thierry und seinen Kumpanen rächen. Diese Schweine! Sie hatten ihn hereingelegt.

Anne stand noch lange in der Tür und überlegte, was das Ganze wohl zu bedeuten hatte. Hier hatte offensichtlich jemand etwas falsch verstanden. Die Frage war nur, war es dieser späte Besucher oder sie? Sie beschloss, baldmöglichst einen Sprachkurs in Französisch zu belegen. Wie es aussah, würde sie ja länger bleiben. Lachend versperrte sie die Tür und ging zu ihrem Kuchen zurück.

In der darauffolgenden Woche nutzte sie ihren Besuch auf dem Wochenmarkt in St. Girons, um sich nach einer Sprachschule zu erkundigen.

KAPITEL 8

Bürgermeister Villon saß missmutig in seinem Büro. Übermorgen war Wahltag und er hatte plötzlich Zweifel, dass er wiedergewählt würde. Sein Kontrahent von den Konservativen machte im Dorf schlechte Stimmung gegen ihn. Dahinter steckte hauptsächlich sein Erzfeind Bennier. Der hatte ihm offen den Krieg erklärt, nachdem er herausgefunden hatte, dass die alte Schule kürzlich vermietet worden war.

Villon überlegte. Er rief Brigitte herein und bat um die Unterlagen und den Mietvertrag für die Schule. Irgendetwas quälte ihn. Irgendetwas hatte er übersehen, als er den Mietvertrag aufgesetzt hatte.

Brigitte kam nach ein paar Minuten mit den Dokumenten herein. Sie knallte ihm die Mappe auf den Tisch und verließ wortlos den Raum. Und den Kaffee hatte sie auch wieder vergessen. Was war bloß los?

Er suchte sich den Mietvertrag heraus und las ihn noch einmal aufmerksam durch. Und dann wusste er, wo der Fehler lag. Ein kleiner blöder Denkfehler, der aber – falls er die Wahl verlieren würde – der Mieterin der Schule zum Verhängnis werden konnte. Dieser Vertrag war nicht hieb- und stichfest. Wie hatte er diesen wichtigen Punkt im Kündigungsrecht nur übersehen können? Aber es war ja noch nicht zu spät. Er würde einen neuen Vertrag aufsetzen. Und dann sollten sie doch alle sehen, wo sie blieben. Mit ihrer Raffgier und ihrem Gemauschel. Jean-Jacques Villon war doch cleverer.

Anne stand in ihrer Werkstatt und lötete gerade die Bleiruten des Marienfensters zusammen. Es qualmte und zischte, so dass sie den eintretenden Besucher zuerst gar nicht bemerkte. Villon stand in der Tür und schaute sich um. Er konnte die Veränderung im Gebäude kaum fassen. Die Deutsche hatte gute Arbeit geleistet, alles sah sehr professionell aus.

Anne blickte auf und legte den Lötkolben zur Seite. „Bonjour, was verschafft mir die Ehre?" Sie sah ganz fröhlich aus.

Villon räusperte sich. „Madame, ich komme vorbei, weil ich Ihnen einen neuen Mietvertrag bringen möchte. Ich weiß, dass Sie ihn nicht richtig lesen können, aber seien Sie versichert, dass der neue Vertrag besser ist als der alte. Vertrauen Sie mir bitte. Ich brauche sofort Ihre Unterschrift."

Anne war sich nicht sicher, ob sie einen neuen Vertrag wollte. Der alte war doch gut gewesen. Warum das Ganze?

Villon wollte nicht in die Details gehen und sich erklären. Sie sollte einfach unterschreiben.

Anne schaute sich das neue Dokument an und las vorsichtig. Aha, da stand etwas von Kaufrecht. Das verstand sie. Sie schaute Villon an.

„Das ist genau der Punkt. Ich denke, Sie sollten als Mieterin das Vorkaufsrecht für dieses Gebäude erhalten. Das hatte ich vergessen. Und dass Sie für die nächsten zehn Jahre, auch nach Abschluss der Arbeit für die Mairie, keine Mieterhöhung bekommen und auch nicht vorzeitig gekündigt werden können. Das unterschreiben Sie jetzt bitte."

Anne schaute Villon tief in die Augen. Sollte sie ihm vertrauen? Sie beschloss, es zu tun.

Erleichtert sah Villon, wie sie beide Dokumente unterschrieb. Dann zeichnete er dagegen und reichte ihr ein Exemplar zurück. „Très bon, das hätten wir. Jetzt sind Sie abgesichert. Man weiß ja nie, was so kommt", sagte er zufrieden, stapfte mit den Papieren wieder zum Ausgang und verschwand.

Anne kratzte sich am Kopf. Warum hatte er das gemacht? Sie würde es sicher nie so ganz verstehen.

Am Wahltag regnete es in Strömen. Die Bewohner des Ortes liefen mit ihren Regenschirmen zum Wahllokal und gaben ihre Stimmen ab. Bis Mittag hatten fast alle Einwohner gewählt. In den Bars und Cafés wurde heiß diskutiert, wer die Wahl wohl gewinnen würde. Es könnte knapp werden, da waren sich die Einwohner einig. Es wurden Wetten abgeschlossen, aber irgendwie lag Veränderung in der Luft.

Anne bekam von alldem nichts mit. Sie ging, wie fast jeden Tag, in die Kapelle, um zu arbeiten. Heute war der obere Teil des Fensters dran. Sie hoffte, sie würde die Scheibe ohne Probleme aus dem Steinrahmen lösen können. Aber es konnte schwierig werden. Die Handwerker, welche die Fenster vor langer Zeit einzementiert hatten, hatten einen sehr harten Mörtel benutzt, der manchmal schwer zu entfernen war. Aber sie hatte schon ganz andere Widrigkeiten überstanden.

Sie betrat die muffige Kirche. Wie immer brannten ein paar Kerzen irgendwo. Sie roch es sofort. Dann entdeckte sie den Mann. Er kniete im Gebet in einer der hinteren Kirchenbänke. Sie wollte nicht stören und ging leise seitlich an ihm vorbei. Am Gerüst angekommen, legte sie ihre Tasche auf dem Boden ab, suchte ein paar Werkzeuge heraus und steckte sie in den speziellen Ledergürtel. Dann kletterte sie das Gerüst hinauf. Sie versuchte, die Bleiruten vom Zement zu lösen. Seitlich und oben gelang es relativ leicht, aber die untere Seite war hart wie Beton. Mit Stecheisen und Hammer klopfte sie leicht an der Kante entlang. Einige Brocken des Mörtels fielen auf das Holzbrett, auf dem sie stand. Sie versuchte, das Fensterteil vorzuziehen, aber es klemmte irgendwo fest. Aus einem Reflex heraus stemmte sie den Fuß gegen die Wand vor sich und zog. Nichts. Sie zog kräftiger und stemmte sich fester gegen die Wand. Und dann geschah alles in Zeitlupe. Der Abstand zum Fenster vergrößerte sich mehr und mehr, sie ließ das Fenster los und kippte samt Gerüst nach hinten. Im Fallen dachte sie: Ich falle, ich muss mich irgendwo festhalten. Sie ging in die Hocke, fasste die Kante des Holzbrettes, auf dem sie gestanden hatte, und hielt sich daran fest. Dann gab es einen gewaltigen Knall, das Geräusch von zersplitterndem Holz und einen starken Ruck an ihren Füßen. Sie fand sich stehend auf einer der Kirchenbänke wieder – erstarrt stand sie da. Im gleichen Moment hörte sie eine Männerstimme, die ganz deutlich „Holy Shit!" schrie. Und dann war der Mann auch schon neben ihr. Er hatte sich durch die Stangen des Gerüsts gekämpft und stand jetzt ganz dicht vor ihr. Er hatte wunderschöne graue Augen und einen Mund, den man einfach nur küssen wollte. Sie schloss die Augen.

„Alles in Ordnung? Irgendetwas gebrochen? Mann, das war aber eine artistische Leistung. Damit würde ich mich mal beim Zirkus bewerben", sagte der Mann und nahm ihren Kopf in seine Hände. „Hey, jetzt nicht schlappmachen. Ich helfe Ihnen hier heraus. Kommen Sie." Er legt seinen Arm um sie und stützte sie.

Anne bewegte sich vorsichtig. Alles schien in Ordnung zu sein. Die Füße taten etwas weh, aber es hatte nichts geknackt. Sie holte tief Luft und wand sich mit Hilfe des Fremden aus dem Gestänge. Dann setzte sie sich auf eine der hinteren Kirchbänke und atmete tief durch. „Danke für Ihre Hilfe. Sie sprechen Englisch? Sind Sie Tourist?"

Er schaute kurz weg. „Könnte man so sagen. Aber genau weiß ich das gar nicht."

Anne schaute sich den Mann genauer an. Er war so Ende vierzig, vielleicht auch etwas älter. Das volle und leicht wellige Haar war rotblond und schon etwas angegraut. Er hatte etliche Sommersprossen, war aber sonnengebräunt. Sein Gesicht zeigte ein paar tiefe Falten.

Er musterte sie nachdenklich. „Also, wenn es Ihnen gut geht, lass ich Sie jetzt allein. Tut mir leid, ich muss weiter. Alles Gute!" Damit verließ er die Kapelle, drehte sich aber an der Tür noch einmal um.

Anne sah ihm hinterher und sah seinen Blick. Es lag etwas Gehetztes darin.

Kaum war er fort, rappelte sie sich auf, nahm ihre Tasche, sammelte die im Chaos verstreuten Werkzeuge auf und brachte sie zum Auto. Sie musste sofort nach Hause, in der Mairie anrufen und den Unfall melden. Diese Gerüstbauer hatten geschlampt. Und das hätte sie fast das Leben gekostet. Besser noch, sie würde dort gleich selbst vorbeifahren. Sie fühlte Wut in sich aufsteigen. So etwas war ihr in all den Jahren ihrer Berufstätigkeit noch nie passiert.

Es regnete eine ganze Woche lang. Dazu kam ein kalter Wind von den Bergen herab. Anne überlegte, wie sie das Haus heizen könnte. Unten befanden sich zwei große Ölöfen und hinterm Haus in der Remise ein Öltank. Sie musste nachschauen, ob noch Öl vorhanden war oder ob sie Öl bestellen musste. Auch gab es einen Stapel mit Holzscheiten, von Spinnweben und Staub fast verdeckt. Aber für den Winter würde es nicht reichen. Sie musste jemanden fragen, wo man Holz kaufen könnte. In der Wohnung oben gab es einen offenen Kamin im Wohnzimmer, ansonsten fand sie keine Heizmöglichkeit. Vielleicht sollte sie eine kleine Elektroheizung kaufen?

Sie hatte sich einen Milchkaffee gemacht und wollte gerade in die Werkstatt gehen, als sie Schritte auf der Treppe hörte. Dann klopfte es an die Glasscheibe der Flurtür oben und eine Frau ihres Alters trat schwungvoll ein. „Bonjour, ich bin Suzanne Labarthe. Ich wohne oben in Camerade und habe gehört, dass eine Deutsche hier eingezogen ist. Da wollte ich mal guten Tag sagen." Suzanne sprach Anne auf Deutsch an. Ihr Akzent war Musik in Annes Ohren. Sie liebte diesen französischen Akzent. Und Suzanne war ihr auf Anhieb sympathisch. Sie begrüßten sich mit Küsschen auf die Wange – fast wie alte Freundinnen. Anne bot ihr einen Kaffee an. Sie setzten sich in die Küche.

Der Grund des Besuchs war schnell heraus. Suzanne machte sich Sorgen um Anne, die ja vom alten Bürgermeister hierhergeholt worden war. Und jetzt gab es einen neuen Bürgermeister und der verbreitete im Dorf, dass die Anglaise bald wieder gehen würde. Das war seit Tagen Dorfgespräch. Anne zeigte ihr den Mietvertrag.

Suzanne las ihn und nickte zufrieden. „Da hast du aber Glück gehabt, der Vertrag ist gut. Damit bist du sicher. Also bleibst du? Und die Mairie bezahlt dich auch weiterhin für deine Arbeit? Ich werde auch noch mal mit dem Kirchenvorstand sprechen, die haben das gesammelte Geld bereits an die Gemeinde gezahlt. Das sollte für die

Restaurierung reichen. Es ist ja nicht viel, aber reicht es dir überhaupt zum Leben?"

Anne schaute etwas verschämt aus dem Fenster. „Sie zahlen pro Fenster. Aber wenn ich im Winter nicht weiterarbeiten kann, wird es wahrscheinlich etwas knapp werden. Ich muss versuchen, noch ein weiteres Standbein zu finden."

„Da kann ich dir vielleicht helfen. Ich habe oben auf dem Berg einen Hof mit Mohairziegen. Da kommen das ganze Jahr viele Besucher hin. Nicht nur Touristen, sondern auch Einheimische. Ich verkaufe Wolle und Wollprodukte. Die sind hier besonders im Winter sehr beliebt. Mach doch deine Werkstatt für Besucher auf. Stell draußen ein Schild auf, dann halten die Leute hier an und vielleicht kaufen sie auch etwas. Mach doch so ein paar kleine Marienbilder aus Glas und verkaufe sie. Ich habe manchmal einen Reisebus pro Tag. Da mache ich gerne Reklame für dich."

Der Gedanke gefiel Anne. Warum war sie nicht selbst darauf gekommen? Und dann würden auch die Touristen auf dem Weg zur Höhle vielleicht hier halten. Rieu war ein strategisch guter Ort. Sie stand auf und umarmte Suzanne herzlich. „Danke! Das ist eine wunderbare Idee."

Suzanne war zufrieden. Eine weitere Station auf der Touristenroute war ganz in ihrem Sinne. Und Monsieur Villon würde sich auch freuen. Man musste gute alte Freunde unterstützen. Schade, nun war er weg. Hatte sich aus dem Dorfleben zurückgezogen. Aber das musste ja nicht für immer sein. Er wurde noch gebraucht. Seine Partei brauchte ihn auch weiterhin.

Sie gingen nach unten und Anne zeigte ihr die Werkstatt. Bevor Suzanne wieder losfuhr, fragte sie beiläufig, ob

Anne genug Holz für den Winter hätte. Anne verneinte. „Na ja, es ist eigentlich schon etwas spät in diesem Jahr für eine Holzbestellung, aber ich werde morgen einen Anhänger mit Holz hier vorbeibringen lassen. Das kannst du mir dann irgendwann später mal bezahlen. Du darfst nicht frieren. Es wird nämlich ziemlich kalt hier am Fuße der Berge. Aber erst im Januar. Mit ein wenig Glück können wir Weihnachten noch draußen Mittag essen."

Sie verabschiedeten sich herzlich und Suzanne brauste in ihrem alten Citroën davon.

Anne ging zurück in die Werkstatt. Sie stand am Fenster und schaute zur Marienstatue hoch oben auf der Felswand. Sie fühlte, dass eine höhere Macht hier auf sie achtgeben würde. Die Statue hatte alles im Blick.

Am nächsten Tag kam der Trecker mit dem Holz. Zusammen mit Suzannes Mann lud Anne die Holzstücke ab und stapelte sie in der Remise. Beim nächsten Besuch in St. Girons musste sie sich eine Säge und eine Axt kaufen. Sie freute sich auf die körperliche Arbeit. Holz wärmte bekanntlich ja immer zweimal. Der Winter konnte kommen.

Kapitel 9

An einem sonnigen Sonntag im Oktober beschloss sie, wieder mal einen Spaziergang auf den Berg hinter ihrem Haus zu machen. Wieder war sie zum Essen bei ihren Nachbarn François und Odile eingeladen. Odile hatte sie in den letzten Wochen mit frischem Gemüse und Obst versorgt. Anne war dankbar dafür. Aber es war nicht nur aus Eigennutz geschehen. Wie Odile vorsichtig erklärte, bewirtschafteten sie den Garten, der eigentlich zur Schule gehörte. Und dieses, seit die Schule geschlossen worden war. Sie fragte Anne, ob sie den Garten zurückhaben wolle. Anne verneinte. Sie hatte genug mit der Werkstatt zu tun und außerdem noch nie in einem Garten gearbeitet. Was sollte sie damit? Bei dieser Antwort sah man Odile die Erleichterung an. Das war also geklärt. Und Odile gab gerne von ihrer reichhaltigen Ernte etwas ab. Als Entschädigung sozusagen.

Anne nahm wieder den Weg hinter der Kapelle. Die Brombeeren waren reif und während sie sich durch den Dschungel aus Brombeerranken kämpfte, pflückte sie hier und da ein paar Früchte. Sie waren groß und sehr süß. Es erinnerte sie an ihre Zeit in England. Dort hatte sie einen Hund gehabt, der Brombeeren liebte. Wenn sie mit ihm über die Felder in Hampshire wanderte, suchte der Hund die besten Brombeerstellen am Wegesrand und pflückte sich mit spitzen Zähnen die dicksten Früchte von den stacheligen Ranken. Sie fand das sehr lustig. Zum Glück pflückte sie schneller als der Hund. So kam sie dann doch mit einer reichlichen Ernte nach Hause.

Ja, ein Hund, der fehlte ihr. Sie liebte Hunde. Vielleicht sollte sie sich einen Hund zulegen. Da hätte sie etwas Gesellschaft und auch ein wenig mehr Sicherheit. Sie würde darüber nachdenken.

Sie kam wieder zu dem kleinen Haus. Die weißen Rosen blühten immer noch üppig. Irgendwie sah das Haus nun nicht mehr so traurig aus. Jemand hatte die Fenster blau gestrichen und die Scheiben geputzt. Es schien bewohnt. Sie wollte nicht als neugierig gelten und verbot es sich, durch die Scheiben zu spähen. Als sie am Haus vorbei war, drehte sie sich aber noch einmal um. Auch die Tür war gestrichen worden. Unter der Pergola stand ein alter Tisch mit einem Korbstuhl. Darauf lag ein gehäkeltes buntes Kissen. Ja, hier wohnte jemand. Langsam ging sie weiter. Sie würde wieder hier vorbeikommen und vielleicht saß ja irgendwann auch mal die Bewohnerin hier und sie konnten sich unterhalten. Sie war sich sicher, dass es eine Frau war, die hier wohnte. Alles hatte so einen weiblichen Touch.

Sonntage waren wundervolle Tage. Besonders um diese Jahreszeit. Sie hatte ein leckeres Mahl genossen und eigentlich hätte sie gerne einen Mittagsschlaf gemacht. Aber die Sonne schien so schön, also beschloss sie, mit dem Auto einen Ausflug nach St. Lizier zu machen. Dort gab es hoch über der Stadt eine Burg mit einer Glasausstellung. Sie hatte die Plakate dafür beim Einkauf in Villefranche entdeckt. Und heute Nachmittag war die Ausstellung geöffnet.

Sie hatte bisher noch nicht allzu viel von der Umgebung kennengelernt. Nur die regelmäßigen Besuche in St. Giron im Baumarkt und auf dem schönen Wochenmarkt gönnte sie sich hin und wieder.

St. Lizier war ein hübscher kleiner Ort und sie fand die Straße zur Burg auf Anhieb. Sie parkte das Auto und ging durch ein großes eisernes Tor in den Vorhof. Von dort hatte man einen wundervollen Blick auf die Pyrenäen. Sie setzte sich auf eine der Bänke und genoss die Aussicht. Es gab eine Menge Besucher an diesem Nachmittag. Irgendwann stand sie auf und folgte dem Strom ins Innere der Burg.

Als sie die Halle betrat, war sie überrascht. Der Raum war kühl und recht dunkel. Die Vitrinen waren hell erleuchtet und zeigten mundgeblasene Gefäße und Trinkgläser aus unterschiedlichen Epochen, von der Zeit der Römer über den Jugendstil bis hin zu zeitgenössischen Arbeiten in kräftigen Farben. Sie erkannte die Arbeiten des einen oder anderen Künstlers aus Skandinavien und den USA. Einige von ihnen hatte sie persönlich getroffen während ihrer Jahre in England. Das war eine wunderbare Überraschung. Sie suchte nach einem Katalog und sprach eine Dame im hinteren Teil des Raumes an, die offensichtlich die Aufsicht hier führte.

Die Frau hieß Eve, war so um die fünfzig und hatte eine lustige Stupsnase. Eve war Engländerin. Anne freute sich, da konnte man sich gut unterhalten. Die Frau erklärte ihr die Ausstellung und gab ihr den Katalog. Nachdem Anne sich die Ausstellung angeschaut hatte, ging sie zu Eve zurück. Es stellt sich heraus, dass Eve mit ihrem Mann auf halber Strecke zwischen St. Lizier und Villefranche wohnte. Sie gab Anne die Adresse und ihre Telefonnummer und lud sie zum Abendessen ein. Anne freute sich über diese Einladung. Bisher hatte sie noch nicht viele Leute kennengelernt und sie hatte das Gefühl, in Eve vielleicht eine Freundin gefunden zu haben. Sie waren sich sympathisch.

Am frühen Abend fuhr Anne los. Sie hatte eine Flasche Rotwein eingepackt. Die Strecke war landschaftlich sehr schön. Als sie die Abzweigung nach Montesquieu fand, sah sie ein altes Château. Sie fuhr durch eine parkähnliche Landschaft, vorbei an dem großen Haus und kam dann zu einer kleinen Ansammlung von alten Steinhäusern, die sich in einer kleinen Talmulde versteckt hatten. Freudig begrüßten sie zwei zottelige Hunde. Dahinter kam Eve aus einem der Häuser. „Wie schön, dich zu sehen. Hast du gut hergefunden?" Eve sah jetzt nicht mehr so förmlich aus, sie trug Shorts und T-Shirt. Sie nahm Anne mit in den Garten, wo Eves Mann Adam schon am Grill stand. Auch er war sehr sympathisch. Zur Begrüßung gab es ein Glas Pastis. Anne hatte diesen Anisschnaps, der mit Wasser verdünnt wird, noch nie getrunken. Es war genau der richtige Aperitif an einem heißen Spätsommerabend. Eve zeigte ihr den Garten. Die beiden wohnten mit zwei Töchtern, den Hunden und drei Katzen seit fünf Jahren hier. Sie hatten England verlassen, weil sie sich dort nicht mehr wohlgefühlt hatten. Und hier war das Wetter auf jeden Fall auch besser. Anne konnte dem nur zustimmen.

Das Essen zog sich hin. Zuerst gab es einen bunten Salat aus dem eigenen Garten, dann eine kleine Suppe aus roten Paprika. Dann kam Adam mit einem großen Teller herüber. Darauf lagen bergeweise Fleisch und Würstchen, dazu wurden frische Baguettes und Rotwein gereicht. Zum Abschluss gab es eine Käseplatte und Kaffee.

Anne lehnte sich entspannt zurück. Einer der Hunde, ein graues Zotteltier namens Coca, kam und schmiegte sich eng an Annes Bein. Sie streichelte Cocas Kopf. Die dunklen Knopfaugen sahen sie dankbar an.

Eve lachte. „Sie ist im Moment so liebesbedürftig, möchte von morgens bis abends beschmust werden. Vermutlich, weil sie Junge erwartet. In zwei Wochen soll es so weit sein. Wir sind schon sehr gespannt, was da herauskommt. Wahrscheinlich eine Dorfübersicht." Alle lachten. Coca verzog sich. Hatte sie das verstanden?

Anne schaute auf ihre Uhr. Es war fast Mitternacht, Zeit zu gehen. Sie bedankte und verabschiedete sich herzlich und machte sich auf den Heimweg. Sie hatte neben Suzanne jetzt weitere neue Freunde gefunden. Gemächlich fuhr sie durch die Nacht zum Klang ihrer Charles-Aznavour-Kassette. Bei dem Lied „Ich halte dich schon warm" (Je te réchaufferai) musste sie plötzlich wieder an den Fremden denken. Wie gerne würde sie noch einmal in seinen Armen liegen und in seine Augen schauen.

Am nächsten Morgen fiel es Anne schwer aufzustehen. Sie war noch müde und hatte leichte Kopfschmerzen. Ein starker Kaffee musste her. Mit einer großen Tasse Milchkaffee ging sie vor die Tür und atmete tief ein. Es war schon wieder recht warm. Die Straße vor der Schule war normalerweise ruhig, aber jetzt fuhren innerhalb kürzester Zeit drei Autos und ein Trecker mit Anhänger vorbei. Der Anhänger war bis oben mit Holz beladen. Der Bauer winkte ihr zu. Sie grüßte zurück. Sie hatte ihn schon mehrmals gesehen, als er an den Nachmittagen seine Schafherde über die Wiesen am Fluss trieb.

Ein komischer alter Mann. Normalerweise grüßte er sie nicht. Anne war verwundert.

Dann kam ein großer Reisebus mit weißhaarigen Insassen langsam aus Richtung Höhle. Er bremste und bog an der Schule ab und stoppte. Mit einem Zischen öffneten sich die Türen und ein Strom von älteren Menschen kletterte aus dem Bus und kam auf sie zu. Vorneweg eine sehr schicke Dame mit einem Zettel in der Hand. „Bonjour Madame, sind wir hier richtig im Atelier du Vitraux? Das ist doch die alte Schule von Rieu? Wir möchten uns die Glasarbeiten mal anschauen. Wir sind eine Gruppe aus Foix."

Anne verschlug es die Sprache. Das war eine Überraschung. Sie machte eine einladende Bewegung und bat die Damen und Herren verwundert herein. Die Herrschaften gingen zielstrebig und schnatternd an ihr vorbei in Richtung Toilettenhäuschen. Sieben Schilder wurden vorsichtig entziffert und sieben Türen geöffnet. Die Reiseleiterin lachte und entschuldigte sich. „Das Wichtigste zuerst. Dann kann man hinterher auch besser zuhören."

Nach und nach kamen alle in die Werkstatt und Anne begann ihre Arbeit mühselig zu erklären. Trotz ihres wöchentlichen Französischkurses in St. Girons, der sich intensiv mit Grammatik befasste, aber nicht mit fachspezifischem Vokabular, fand sie es immer noch schwer, ihre Arbeit in der Landessprache zu erklären. So improvisierte sie einfach und versuchte es auf Englisch, Deutsch und mit Händen und Füßen. Ihr Publikum war begeistert. Mit Humor ging alles besser. Sie erklärte den Arbeitsprozess und nahm einen Glasschneider in die Hand. Sofort begann ein Herr den anderen die Arbeitsweise zu erklären. Anne hörte gebannt zu. Jetzt verstand sie. Ja, sie würde sich diese Wörter merken und beim nächsten Mal auf Französisch erklären können. Hier war die Papageientechnik gefragt. Nach einer Viertelstunde hatten die Besucher genug gesehen. Sie wurden unruhig und wanderten im Raum umher. Einige liefen vor die Tür auf den Schulhof. Anne folgte der Gruppe nach draußen.

Die Reiseleiterin schaute auf ihre Armbanduhr. „Schön haben Sie es hier. So idyllisch! Dieser alte Schulhof mit der großen alten Linde und dann dieser Ausblick. Und so eine schöne Werkstatt. Gibt es bei Ihnen auch kalte Getränke oder ein Eis? Oder einen Kaffee?"

Anne verneinte. Die Frau schaute sich interessiert um. „Haben Sie schon mal daran gedacht, hier ein kleines Café zu betreiben? Das würde sicher gut ankommen. So als Zwischenstopp zwischen Höhle und Ziegenhof. Hier kann man nirgends eine Erfrischung zu sich nehmen. Sprechen Sie doch mal mit Monsieur Villon. Okay, er ist kein Bürgermeister mehr, aber er hat gute Verbindungen hier. Vielleicht kann er Sie beraten." Damit schob sie die Nachzügler vor sich her in Richtung Bus und winkte zum Abschied.

„Danke für den Besuch und den Tipp mit den Erfrischungen. Ich denke darüber nach", rief Anne ihr hinterher. Und schon fuhr der Bus weiter.

Anne grinste. Was war das denn gewesen? Jetzt brauchte sie noch einen Kaffee und vielleicht auch eine Kopfschmerztablette. Aber wo hatte sie die nur? Sie dachte an die vielen Kartons, die noch immer nicht ausgepackt waren.

Kapitel 10

Anne erwachte vom Klappern ihrer Fensterläden. Sie hatte sie gestern Abend zum ersten Mal verschlossen, um Regen und Sturm fernzuhalten. Aber der Sturm rüttelte unsanft am ganzen Haus. Sie blieb noch etwas liegen, entschied dann aber, doch aufzustehen. Sie zog sich einen Morgenmantel über, öffnete das Fenster nach innen und dann die Fensterläden nach außen. Mit einem Windstoß wurden die schweren grauen Holzläden an die Hauswand geschleudert. Schnell hakte Anne die Läden fest. Sie wollte sich gerade umdrehen, als sie stutzte. Etwas war anders heute ... Sie blickte auf einen gigantischen See, der bis fast an die Schulmauer reichte. Schnell rannte sie zum Seitenfenster und öffnete auch dieses. Das Wasser stand auch dort schon fast bis an die Hauswand. Sie war wie gelähmt. Offensichtlich war die Arize, die etwa hundert Meter entfernt am Haus floss, über die Ufer getreten und hatte das Tal und auch die Straße überschwemmt. In der Entfernung sah sie, wie der Bauer von nebenan versuchte, seine panische Schafherde den Hang hinaufzutreiben. Sein Wohnhaus und die Ställe standen bereits im Wasser.

Sie rannte barfuß die Holztreppe hinab und riss die Tür des zweiten Klassenzimmers auf. Dort standen noch immer etwa dreißig schwere Umzugskarton sowie einige Möbel. Sie inspizierte die Außenwand zur Straße, stellte dann mit Erleichterung fest, dass noch alles trocken war.

Es klopfte an der Eingangstür. Es war François. Aufgeregt gestikulierend zeigte er auf das Wasser hinter ihm. „Anne, du musst hier unten alles räumen, das Wasser

57

kommt. Bring alles hoch! Das Radio hat für die Arize eine Hochwasserwarnung gegeben. Weiter unten, in Richtung Maury, ist schon das Haus der Holländer abgesoffen. Ich kann dir leider nicht helfen, ich bin ein alter Mann. Kannst du jemanden anrufen, der dir helfen kann?"

Anne dankte ihm und rannte nach oben zum Telefon. Sie wählte die Nummer von Eve. Zum Glück war sie da und antwortete verschlafen.

Anne erklärte ihr hastig die Situation und Eve versprach, so schnell wie möglich zur alten Schule zu kommen. Hoffentlich wäre die Straße von Maury noch passierbar. Wenn nicht, würden sie sich etwas einfallen lassen.

Anne hörte Adam im Hintergrund rufen, er kenne einen anderen Weg über den Berg, der müsste sicher sein.

Wo waren nur die Gummistiefel? Sie musste sich schnell anziehen und schon mal die ersten Kartons hochschleppen. Wer weiß, wie viel Zeit sie noch hatte. Panik erfasste sie.

Der Regen nahm wieder zu und der rauschende Fluss kam stetig näher ans Haus. Es war nur noch eine Frage der Zeit. Es hatte doch alles so gut angefangen. Hoffentlich würde sie nicht alles verlieren.

Sie rannte die lange Treppe hinauf mit einem schweren Karton und stellte ihn im Flur ab. Warum hatte sie bloß alle diese Kisten mit Büchern mitgebracht? Sie fluchte leise vor sich hin. Nach einigen Kisten brach sie fast zusammen. Sie setzte sich auf den Treppenabsatz auf halber Höhe und fing an zu weinen. Das war einfach zu viel!

Dann hörte sie Eve und Adam unten an der Tür. Sie rannte hinab und begrüßte die Freunde. Beide trugen hohe Gummistiefel und Regenjacken. „Anne, fahr deinen

Wagen weg. Er steht schon im Wasser. Fahr die Straße hoch und parke ihn hinter unserem Auto. Da oben steht er sicher. Die anderen Bewohner haben bereits ihre Fahrzeuge dort abgestellt." Adam schob sie aus der Tür.

Dann machten sich die Freunde an die Arbeit. Nach einer Stunde war es geschafft. Erschöpft saßen sie oben in der großen Küche und tranken Kaffee. Strom und Wasser funktionierten noch. Überall standen die Kartons und Möbel, so dass es fast kein Durchkommen mehr gab. Zwischendurch schauten sie immer wieder aus dem Fenster. Das Wasser stieg immer noch. Adam fragte Eve nach der Tasche, die sie mitgebracht hatten. Die Tasche war trotz Chaos schnell gefunden und Adam zog eine Flasche Cognac heraus. „Hol mal die Gläser. Den haben wir uns jetzt verdient!" Sie prosteten sich zu und kippten den Cognac hinunter. Und dann noch einen weiteren.

Jean-Jacques Villon war am Morgen früh aufgewacht. Der Fluss hinter seinem Haus rauschte gefährlich nahe. Er schaute aus dem Fenster. Wie schon mehrfach in den letzten Jahren hatte der lang anhaltende Regen den kleinen Wasserlauf anschwellen lassen und nun war bereits der Garten überschwemmt. Es beunruhigte ihn nicht sonderlich. Die unteren Räume wurden nicht bewohnt und das Haus hatte schon Schlimmeres überstanden. Er zog sich an und beschloss, eine Runde durchs Dorf zu machen. Vielleicht brauchte jemand Hilfe. Auf dem Marktplatz standen zwei Fahrzeuge der Feuerwehr und pumpten die ersten Keller leer. Er besprach sich kurz mit dem Einsatzleiter, einem alten Freund, und fand heraus, dass der Ort selbst noch nicht in Gefahr sei. Aber in Rieu spitzte sich die Lage wohl dramatisch zu. Die alte Schule war wohl kurz vor dem Absaufen. Villon war bestürzt. Daran hatte er nicht gedacht. Er lief in die Mairie, um zu telefonieren. Brigitte blickte ihm etwas feindselig entgegen. Aber sie ließ ihn ans Telefon. Villon wählte die Nummer des kommunalen Bauhofes.

Es war kurz vor Midi, als ein schwerer Lastwagen aus Richtung Villefranche auf der Straße vor der Schule erschien. Er fuhr durchs Wasser und hielt direkt neben dem Schulgebäude. Drei Männer in Regenjacken und Stiefeln stiegen aus. Einer ging zur Ladeklappe und öffnete diese.

Anne schaute neugierig aus dem Fenster. Der Wagen hatte gefüllte Sandsäcke geladen, die nun mit vielem Zurufen heruntergeworfen und an der Wand ihres Gebäudes platziert wurden, bis ein hoher Wall entstanden war.

Eve und Adam waren bereits unten und halfen mit. In kürzester Zeit waren alle Säcke abgeladen und aufgestapelt. Die Männer wischten sich den Schweiß von der Stirn. Das müsste das Schlimmste verhindern. Sie waren zufrieden.

Anne realisierte erst jetzt, wer ihr da geholfen hatte. Einer von ihnen war Jean-Jacques Villon. Sie hätte ihn fast nicht wiedererkannt, er war dünn geworden und wirkte alt. Er begrüßte sie herzlich. Sie hatte den Mann seit der Sache mit dem Mietvertrag nicht mehr gesehen.

Anne bat die Herren in die Werkstatt. Eve kam mit der Flasche Cognac, der gerne angenommen wurde. Nach einem Glas machten sich die drei aber schnell wieder auf den Weg. Sie hatten noch weitere Notfälle. Und das Wasser stieg immer noch.

Hoch oben am Hang stand Bauer Rogalle, beobachtete die Rettung und bebte vor Wut. Keiner war gekommen, um ihm zu helfen. Und Thierry war auch mal wieder nicht da. Nutzlose Brut.

Am späten Nachmittag gab es dann endlich Entwarnung. François brachte die gute Nachricht. Das Radio hatte einen Rückgang des Wassers gemeldet und einige Straßen waren bereits wieder befahrbar. Eve und Adam konnten den Heimweg antreten.

KAPITEL 11

Der Anruf kam am frühen Abend. Eve war ganz aufgeregt. „Anne, hast du Zeit? Komm doch bitte gleich mal rüber. Sie sind so süß!"

Anne war überrascht. Sie hatte Eve erst am Morgen auf dem Markt in St. Girons getroffen. Sie hatten zusammen eingekauft und dann in einem Straßencafé gesessen und aus ihrem Leben erzählt. „Eve? Wer ist so süß?", fragte sie verwirrt.

„Die Hundebabys! Du musst sie sehen. Das Erste kam vor einer Viertelstunde, jetzt sind es schon vier. Komm vorbei und schau sie dir an. Und Coca ist eine so tolle Mutter. Du hast doch Zeit, oder? Komm zum Essen."

Anne sagte zu. Sie hatte die Arbeit des Tages abgeschlossen und war gerade dabei, die Werkbank abzufegen. Der Zementstaub wirbelte hoch und kleine weiße Pünktchen flogen durch den Raum, erleuchtet von den kräftigen Sonnenstrahlen, die seitlich durchs Fenster kamen. Schnell rannte sie nach oben und holte den Wagenschlüssel. Es war ein schöner Herbsttag und ein Abend bei Freunden war eine Verlockung, der sie nicht widerstehen konnte.

Als sie auf dem Hof in Montesquieu ankam, lief Eve ihr schon entgegen und umarmte sie herzlich. „Komm mit in den Stall. Adam ist bei Coca und passt auf. Jetzt sind es schon sechs, obwohl – eines war gleich tot."

Sie betraten den dunklen Stall. In einer großen alten Kiste lag Coca mit ihren Hundebabys.

Anne musste sich erst an die Dunkelheit gewöhnen. Die kleinen Hunde quiekten und wuselten wild durcheinander, um eine Zitze zu finden. Coca lag entspannt auf der Seite und beobachtete ihre Kinder zufrieden.

Adam freute sich über Annes Besuch. „Wie ich schon sagte, hier haben wir eine richtige Dorfübersicht. Schau mal, der Braune ist wahrscheinlich ein Abkömmling vom Château nebenan, der hier ist schwarz-weiß und vom Hof nebenan. Und der Rest ..., wer weiß?"

Coca schenkte ihm einen beleidigten Blick.

Er tätschelte sie und sagte: „Entschuldigung, Coca, war nicht so gemeint. Du hast tolle Kinder. Gut gemacht."

Plötzlich hob die Hündin den Kopf und schaute auf ihr Hinterteil.

Eve schrie auf. „Adam, schau mal! Da kommt ja noch eines! Meine Güte, hoffentlich ist es das Letzte! Was sollen wir denn mit den ganzen Hunden machen? Die können wir doch nicht alle durchfüttern."

Zu dritt knieten sie jetzt neben der Hündin. Das Neugeborene wurde pflichtbewusst von Coca sauber geleckt und krabbelte sogleich los – direkt auf Anne zu.

„Oh, wie süß! Es kommt zu mir", rief sie entzückt aus. Der kleine Hund war das einzige graue Tier und hatte auf seinem dünnen Mäuseschwänzchen ein perfektes kleines schwarzes Dreieck.

Adam drehte das Kleine um. „Ein Mädchen, die anderen sind alle Jungs." Er hob das Hundebaby hoch und legte es an eine freie Zitze. Sofort fing es an zu trinken. „Also, Anne, der kleine Hund hat sich bereits entschieden. Er will zu dir. Herzlichen Glückwunsch!" Er sah Anne lachend an.

Anne war gerührt und konnte kaum die Tränen unterdrücken. „Ja, das war offensichtlich. Ich möchte sie haben." Sie schluckte. „Und ich werde sie Shelly nennen!"

Eve sprang auf und umarmte Anne. „Das müssen wir feiern!" Sie rannte ins Haus.

In der alten Schule gab es noch immer kein Badezimmer. Anne rief in der Mairie an und beschwerte sich. Brigitte versprach, einen Klempner vorbeizuschicken. Und tatsächlich kam am Nachmittag ein Handwerker und schaute sich interessiert um. Anne besprach mit ihm, was sie brauchte: ein Waschbecken, eine Toilette und eine Dusche sowie einen Anschluss für die Waschmaschine. Sie ging durch den Raum und erklärte, wo was hinsollte. Der Handwerker machte sich Notizen und fuhr dann mit quietschenden Reifen davon. Und tatsächlich, am nächsten Morgen standen er und sein Helfer pünktlich um acht Uhr mit Werkzeugkoffern beladen vor der Tür. Die Arbeit dauerte eine Woche. Anschließend war nichts dort, wo Anne es haben wollte. Diese Handwerker hatten ihre eigenen Vorstellungen. Und während der ganzen Woche roch das gesamte Haus irgendwie komisch. Was – um Himmels willen – rauchten diese Kerle bloß?

Am Abend der Fertigstellung weihte Anne ihre Dusche ein. Sie hatte sich in den letzten Monaten nur waschen können und freute sich über den neuen Luxus. Und den Weg zur Außentoilette konnte sie sich nun auch sparen. Das wäre im Winter sicher ein Problem geworden. Außerdem war es nicht so schön, die Toilette mit den immer öfter vorbeikommenden Touristen zu teilen.

Da das Bad nicht gefliest worden war, fuhr sie ein paar Tage später nach St. Girons und kaufte sich eine Spezialfarbe für die Wände. Und dann kam das Beste: die Dekoration des Ganzen. Sie stellte eine Holzskulptur hinein, hängte ein großes modernes Ölgemälde an die Wand und umwickelte das hässliche graue Leitungsrohr hinter der Toilette mit langen Stängeln eines blühenden Ziergrases. Zufrieden schaute sie sich um. Es sah irgendwie afrikanisch aus. Jetzt war das Bad richtig chic. Das große Fenster gab den Blick frei über den Schulhof und die schneebedeckten Gipfel der Pyrenäen. Anne war überglücklich und stolz. So ein Bad hatte nicht jeder. Vielleicht sollte sie eine Badezimmereinweihungsparty geben? Adam und Eve fänden das sicher auch lustig.

Das Wetter war auch im Herbst sonnig und warm. Zwar wurden die Tage kürzer, aber man konnte immer noch bis spät abends draußen sitzen und ein Glas Wein genießen. Anne hatte sich unter den Lindenbaum gesetzt, nahm sich eines der französischen Wohnmagazine und blätterte darin. Sie kam ins Träumen. So schöne Häuser und Möbel und dann die wundervollen Stoffe, die es hier gab. In Gedanken richtete sie sich die oberen Räume der Schule mit diesen stilvollen Dingen ein. Sie liebte diesen sehr französischen und etwas schäbigen Stil. Und dann die Farben.

An der Ecke des Schulhofs, in der Mauer eingelassen, stand eine Telefonzelle, die gerne von vorbeifahrenden Autofahrern und einigen wenigen Dorfbewohnern genutzt wurde. Jetzt hörte sie die Tür klacken und bald darauf telefonierte jemand. Zuerst nahm sie davon wenig Notiz, dann aber horchte sie auf. Der Mann sprach tatsächlich Englisch. Neugierig drehte sie sich um und ihr Herz kam fast zum Stillstand. Dort in der Telefonzelle stand der Fremde, der ihr bei dem Unfall mit dem Baugerüst geholfen hatte.

Wo kam er so plötzlich her? Er musste zu Fuß gekommen sein. Sie hatte kein Auto gehört.

Anne wollte nicht lauschen, war aber neugierig geworden. Der Fremde sprach laut und deutlich: „Ja, Mom, ich bin es wirklich. Ich wollte euch nur wissen lassen, dass es mir gut geht. Ja, macht euch keine Sorgen ... Das kann ich nicht sagen, ... nein, nicht in den Staaten, ... ich bin in Europa. Es geht mir wirklich gut hier. Ist ein wenig wie Urlaub hier. Ich melde mich demnächst noch mal. Grüße bitte alle von mir. Muss jetzt Schluss machen, sonst wird es zu teuer. Also bis bald. Ich habe dich lieb." Der Mann legte den Hörer auf.

Als er aus dem kleinen Glashäuschen trat, stand Anne auf und ging zur Mauer. „Hallo, das ist ja eine Überraschung. Sie hätte ich nun wirklich nicht hier erwartet", sprach sie ihn an.

Der Mann drehte sich abrupt um und sah sie mit großen Augen an. „Hallo, ... ach Sie sind das. Die Zirkusfrau. Wie geht es den Füßen?"

Anne lachte laut. „Danke, gut. Aber der Schreck sitzt mir immer noch in den Knochen. Das ist mir noch nie passiert. Diese Gerüstbauer habe ich vielleicht zusammengefaltet. So schlampig, wie die gearbeitet haben. Das hätte auch schiefgehen können. Danke noch einmal für Ihre Hilfe."

„Schon okay." Er drehte sich um und wollte gehen.

Anne fühlte Panik in sich aufkommen. „Also, ich sitze hier gerade und trinke ein Glas Wein. Warum kommen Sie nicht und trinken ein Gläschen mit?"

Er überlegte kurz.

Anne stand jetzt direkt an der halbhohen Mauer, die sie voneinander trennte. Sie spürte, wie ihr heiß und kalt wurde. In ihrem Kopf drehte sich alles. Sie wollte ihn nicht gehen lassen. Nicht jetzt. Sie hatte in den letzten Wochen so oft an ihn gedacht und nachts ein paarmal von ihm geträumt. Zitternd streckte sie ihre Hand über die Mauer. „Ich heiße Anne, wohne und arbeite hier in der alten Schule."

Zögerlich ergriff er ihre Hand. „Angenehm. Ich heiße ... Bruno Krzwinski."

Sein Händedruck war fest. Anne hielt seine Hand einen Augenblick zu lange und sah dabei in seine grauen Augen. Wie gut, dass es schon so dämmrig ist, sonst würde er meinen roten Kopf bemerken, dachte sie aufgeregt. „Das hört sich aber gar nicht amerikanisch an. Sie sind doch Amerikaner?", fragte sie, nur um etwas zu sagen.

Er schien zu überlegen. „Ich bin Pole. Habe aber ein paar Jahre in den Staaten gearbeitet. Tut mir wirklich leid, aber ich muss weiter ... Danke für die Einladung. Vielleicht ein anderes Mal." Er drehte sich um und ging die Straße in Richtung Camerade hinauf.

Anne lehnte sich über die Mauer und sah ihm noch eine Weile hinterher, bis er nicht mehr zu sehen war. Vor Enttäuschung hätte sie weinen können. Sie ging zum Tisch zurück und goss sich noch ein Glas Wein ein. Irgendetwas war komisch an diesem Mann.

Es war Ende Oktober und die Blätter begannen sich zu verfärben. François und Odette hatten den Garten fast abgeerntet und auch der Feigenbaum war fast ohne Früchte. Unzählige Gläser mit Feigen in Honig, Feigenmarmelade und getrockneten Feigen waren in der Vorratskammer verstaut worden. Anne hatte ihren Anteil von den Nachbarn erhalten. Sie freute sich jedes Mal, wenn die beiden Alten vorbeikamen, die auch ein großes Interesse an ihrer Arbeit zeigten. Es ging doch nichts über gute Nachbarn.

Früh an einem Freitagmorgen öffnete Anne die Fensterläden in ihrem Schlafzimmer und staunte nicht schlecht. Die Welt draußen war in Nebel getaucht, der von den Hügeln kam. Gegenüber der Schule sowie entlang der ganzen Straße durch das Tal standen die merkwürdigsten Fahrzeuge, die sie je gesehen hatte. Bunt bemalte Autos und Minibusse, umgebaute Lastwagen mit Fenstern und Blumenkästen davor, aus deren Dächern Schornsteinrohre emporragten. Bunt gekleidete Frauen und Männer gingen lachend und singend den Hang hinauf, begleitet von einer aufgeregten Hundeschar. Die Frauen hatten Körbe in der Hand. Oberhalb der Schafweiden war ein dichter Wald mit Krüppeleichen, der sich bis zur Hangspitze hochzog.

Anne überlegte, was diese Hippies, oder Marginals, wie die Franzosen sie nannten, dort wohl suchten. Nach dem Frühstück ging sie kurz zu François, um sich zu erkundigen. Der lachte nur. „Die kommen jedes Jahr hierher, um ihre magischen Pilze zu suchen." Anne schaute ihn ratlos an. François rümpfte die Nase und machte eine unhöfliche Geste. „Magische Pilze! Drogen! Möchte nur wissen, wo die wachsen. Habe schon mal danach gesucht, aber es ist einfacher, Trüffel zu finden als die komischen Pilze. Es ist uns allen ein Rätsel."

„Gibt es hier auch Trüffel?", fragte Anne interessiert.

„Aber ja, nur spricht hier keiner darüber. Édouard Rogalle hat extra einen seiner Hunde als Schnüffelhund ausgebildet. Aber dieses Jahr wird es wohl nichts mit der Trüffelsuche, der Idiot hat nämlich seinen eigenen Hund am ersten Tag der Jagd versehentlich erschossen. Hast du nicht davon gehört? Es war das erste Mal, dass ich diesen Kerl habe weinen sehen. Letztes Jahr hat er beinahe eine dieser bunten Hippiefrauen erschossen. Ich hab ihm gesagt, er solle sich mal eine Brille zulegen. Aber auf mich hört ja keiner. Also, bleib in den nächsten Wochen lieber hier im Dorf. Oben in den Hügeln ballern die noch eine Weile herum, bis es ihnen langweilig wird. Und mit ein wenig Glück erschießen sich diese Kerle alle gegenseitig und das Problem ist gelöst." Seine dunklen Augen funkelten leidenschaftlich wütend.

Anne dankte eilig für die Informationen und verließ ihn fluchtartig. François konnte offensichtlich richtig wütend werden. Wer hätte das gedacht?

Als sie gegen Mittag aus dem Fenster schaute, waren alle Fahrzeuge wie von magischer Hand wieder verschwunden. Ob sie wohl morgen wiederkommen würden?

Kapitel 12

Jean-Jacques Villon hatte starke Kopfschmerzen. Seit er allein lebte, trank er abends immer noch ein paar Gläser Rotwein. Und gestern war es wohl ein Glas zu viel gewesen. Er öffnete das Fenster im ersten Stock seines Hauses, atmete tief ein und schaute hinab auf die enge Straße am Rande von Villefranche. Er hatte einen Wagen gehört und der hielt in dem Moment genau vor seinem Haus. Wer konnte das sein? Das Auto nahm die volle Breite der Straße ein. Es war ein großer schwarzer Citroën mit Chauffeur. Dieser war gerade ausgestiegen und öffnete die Wagentür für jemanden. Villon wurde bleich. Was wollte der Präfekt von ihm? Und dann stieg noch ein weiterer Mann aus, den er nicht kannte. Unten klopfte es an der Tür.

Villon knöpfte sich schnell die Strickjacke zu und strich sich über die vollen grauen Haare. Zum Glück hatte er sich heute Morgen frisch rasiert. Er rannte die Treppe hinunter und atmete einmal tief durch, bevor er die Haustür öffnete. Mit einem leicht unterwürfigen Lächeln begrüßte er die Männer.

„Villon, mein Guter! Wie geht es Ihnen? Ich war etwas schockiert, als ich von Ihrer Wahlniederlage hörte. Schlimme Sache! Aber wir zwei bleiben ja in Verbindung. Wir haben ja ein kleines Geheimnis, das wir hüten müssen, nicht wahr?", sagte der Präfekt.

Villon wurde nervös. Der Präfekt drehte sich zu seinem Begleiter um. „Sir, darf ich Ihnen Monsieur Villon vorstellen, mein Vertrauensmann hier vor Ort. Bon."

Der Mann schaute Villon kalt und durchdringend an. Villon fühlte Übelkeit in sich aufsteigen. Jetzt nur keine

Schwäche zeigen. Er wollte dem anderen die Hand reichen, aber der ignorierte sie. Verunsichert zog Villon seine Hand wieder zurück und blickte den Präfekten an. Der räusperte sich kurz und erklärte zögernd: „Also, das hier ist ..., ach, ja, keine Namen. Hatte es schon wieder vergessen. Ein Herr von der amerikanischen Botschaft aus ... Paris. Wir wollten mal schauen, wie sich unser Sorgenkind so macht. Geht es ihm gut? Hat er sich eingelebt? Und vor allem: Hält er sich an unsere Abmachungen? Also, Villon, erzählen Sie mal. Wie läuft es so? Gibt es Fragen oder Probleme? Unsere amerikanischen Freunde sind etwas nervös, wenn Sie verstehen, was ich meine?"

Villon blickte von einem zum anderen. Was sollte er dazu sagen? Er musste kurz nachdenken. Jetzt bloß keine Fehler machen. Worauf wollten sie hinaus? Er brauchte Zeit, um zu überlegen. Villon öffnete die Tür zu einem der unteren Räume. Ein feucht-muffiger Geruch kam ihnen entgegen. Im Raum standen ein paar alte Gartenstühle aus Korb und ein passender runder Tisch mit Glasplatte. Villon lud die Herren ein, Platz zu nehmen. Der Amerikaner rümpfte die Nase und sein Blick in die Runde zeigte Ekel. Na ja, Villon hätte sie auch nach oben bringen können, aber er hatte noch nicht aufgeräumt. Das war ihm dann doch peinlich. Was sollte der Präfekt von ihm denken? Es roch zwar immer noch muffig nach der letzten Überschwemmung, aber es war ordentlich hier. Für diesen unangenehmen Amerikaner musste es reichen. Den wollte er nicht in seinen Privaträumen haben.

Der Präfekt setzte sich auf einen der Stühle. Er knarrte gefährlich, hielt aber dem Gewicht des Mannes stand. Der

Amerikaner stand am hinteren Fenster und schaute auf die zahm dahinfließende Arize am Fuße des Gartens.

Villon räusperte sich. „Also, soweit ich weiß, läuft alles nach Plan. Ich habe das kleine Haus von einer guten Freundin renovieren lassen. Sie hat die Möbel in einer Brocante gekauft, das heißt, in einem Trödelmarkt. Da fällt mir ein, die Quittungen dafür habe ich noch hier. Die kann ich Ihnen gleich mitgeben. Sie können mich in bar bezahlen. Dann gibt es keinen offiziellen Zahlungsweg. Ja, er ist also angekommen und ich habe ihm erst einmal ein paar Tipps gegeben, wo er einkaufen kann, etc. Dann habe ich ihm eine alte Schreibmaschine besorgt, die stand übrigens ungenutzt im Keller der Mairie. Und dazu noch Papier. Soweit ich beurteilen kann, hält er sich von allem fern, pflegt keine Kontakte hier oder woanders. Ist ja auch schwierig, wenn man kein Französisch kann, oder?"

Der Amerikaner schaute ihn ausdruckslos an. „Und gibt es Kontakte mit Englisch sprechenden Individuen?"

Villon verneinte schnell.

Der Amerikaner war aber nicht zufrieden. „Sie wollen mir erzählen, dass hier in der Gegend kein Mensch Englisch spricht?"

Villon überlegte. „Soweit ich weiß, nicht." Ihm wurde jetzt sehr heiß. Bloß keinen Fehler machen. Gleich sind sie wieder weg. Er überlegte wieder. Angriff ist die beste Verteidigung, deshalb sagte er schnell: „Also, die Herren, das wäre geklärt. Wenn Sie keine weiteren Fragen mehr haben, gehe ich jetzt die Belege holen, wir rechnen ab und dann muss ich leider los. Ich habe noch eine wichtige Sitzung heute Morgen und bin schon spät dran. Désolé! Tut mir leid."

Bruno Krzwinski saß am Fenster vor einer alten manuellen Schreibmaschine. Er blickte auf das leere Stück Papier in der Rolle. War das nun die Schreibblockade, die er schon seit Jahren gefürchtet hatte? Nein, er musste sich nur zusammenreißen. Er konnte schreiben. Er wollte schreiben. Er musste schreiben. Er musste einfach irgendetwas tun, um nicht zu verblöden. Seit Wochen saß er nun in diesem kleinen Haus ohne irgendwelche menschlichen Kontakte. Abgesehen von dem kauzigen Bürgermeister kam niemand auch nur in die Nähe des Hauses. Es war ruhig hier. Eigentlich hatte er sich immer Ruhe gewünscht. Zum Schreiben brauchte er sie. Aber diese Art von Ruhe war nicht schön. Er fühlte sich ständig beobachtet und wusste nicht, ob das gut oder schlecht war. Ein paar Mal hatte er ein Polizeiauto gesehen, wie es unten auf der Straße vorbeifuhr, dann genau an der Stelle abbremste, wo der Pfad zu seinem Haus hochging. Ab und zu kamen Wanderer vorbei und auch der Bauer, der unten am Fluss wohnte, kam mit seiner Schafherde manchmal sehr nahe und reckte den Hals. Sobald Bruno jemanden sah, ging er schnell ins Haus und beobachtete vom Fenster aus die vermeintlichen Eindringlinge. Er war verärgert, wenn sich mal jemand traute, durch die Scheiben zu spähen. Bruno hatte daraufhin um Gardinen und schließbare Vorhänge gebeten. Jetzt fühlte er sich sicherer. Und im Winter würde es ohnehin ruhiger werden.

Er schaute wieder aus dem Fenster. Unten an der Schule bog gerade eine große schwarze Limousine in Richtung Camerade ab. Der Anblick machte ihn nervös. Unangenehme Erinnerungen tauchten auf. Seine Hände begannen zu zittern. Dann sah er, wie der Wagen abbremste. Er reckte den Kopf. Verdammt, zwei Männer stiegen aus. Sie verschwanden sofort wieder aus seinem Blickfeld und hinter den Büschen. Er war alarmiert. Er suchte eilig ein paar Papiere zusammen, nahm seine Jacke, eine Taschenlampe und schlich sich aus dem Haus. Er musste sofort weg von hier. Bruno kletterte durch dichte Buchsbaumbüsche den Hang hinauf und zwängte sich durch ein enges Loch im Felsen. Die Höhle bot ihm ein sicheres Versteck. Das hatte der Bürgermeister ihm versichert. Niemand außer Villon kannte diese Höhle. Immerhin war es sein Elternhaus, in dem Bruno jetzt lebte. Villon hatte als Kind diese Höhle entdeckt und sie angeblich noch nie jemandem gezeigt.

Im Inneren war es zwar dunkel, aber nicht kalt. Villon hatte ihm versichert, die Temperatur im Felsen sei das ganze Jahr gleich. Immer acht Grad. Bruno konnte in dem kleinen Raum kaum aufrecht stehen. Er hatte sich hier ein provisorisches Lager eingerichtet mit Feldbett, Decken, Lebensmitteln und Wasserkanistern. Im Notfall konnte er hier ein paar Tage untertauchen. So wie jetzt. Er musste einfach warten, bis Villon kam. Villon hatte alles im Griff.

Der Amerikaner fluchte laut vor sich hin. Seine schicken maßgefertigten Schuhe waren bereits voller Dreck und Schafsköddel, als sie das Haus erreichten. Der Präfekt nahm es sportlich. Er klopfte an die Seitentür, aber niemand öffnete. Er rief laut nach Bruno, bekam aber keine Antwort.

Der Amerikaner schob ihn zur Seite und öffnete schwungvoll die alte Tür. Er trat vorsichtig ein. „Mister Krzwinski? Hallo? Haben Sie keine Angst. Unser Codewort ist: Blankette de Limoux."

Nichts rührte sich.

Der Präfekt sah sich im Raum um. Er war gemütlich eingerichtet. In einer Ecke stand ein alter Kanonenofen, es gab einen alten Plüschsessel und einen kleinen runden Tisch daneben, ein schmales Bett mit einer Decke darauf, daneben ein Kleiderschrank und eine Kommode. Der Raum wurde von einem wunderschönen, langen, alten Esstisch dominiert. Ein Drittel der Tischplatte diente als eine Art Büro, das mittlere Drittel war offensichtlich Esstisch, am anderen Ende wurde der Tisch als Küchenarbeitsplatte genutzt. Gemüse und Obst lagen darauf, daneben standen Ölflaschen, ein paar Kräutertöpfe und eine Tüte mit Mehl. Das sah alles sehr französisch aus. Der Präfekt war zufrieden. Und dann die gehäkelten Decken und Kissen. Er mochte es bunt und Erinnerungen an Ferienhäuser aus seiner Kindheit tauchten vor seinem geistigen Auge auf. Ja, hier konnte man sich wohlfühlen. Doch wo war der Bewohner dieses Hauses?

Der Amerikaner inspizierte den Raum ebenfalls und öffnete geübt die Schubladen und Schränke. Nach einem flüchtigen Blick verschloss er alles wieder, ohne irgendwelche Spuren zu hinterlassen. Dann öffnete er vorsichtig die Tür zum Badezimmer und warf einen Blick hinein. „Also gut, jetzt habe ich das Haus und die Umgebung gesehen", sagte er und nickte knapp. „Sie haben nicht zu viel versprochen. Es ist ein guter Ort. Hoffen wir mal das Beste. Mit ein wenig Glück kann er ein paar Jahre hierbleiben. Dann müssen wir weitersehen. Ich lasse ihm einfach eine Nachricht hier. Armes Schwein. Möchte nicht in seiner Haut stecken."

KAPITEL 13

Der November im Ariège war kalt und regnerisch. Anne hatte am Abend den Kamin im Wohnzimmer zum ersten Mal angemacht. Der Abzug funktionierte gut. Sie legte noch ein paar Holzscheite nach und schob sich das kleine zweisitzige Sofa vor das Feuer. Dann holte sie ihre Designerstehlampe, einen alten Hocker als Tisch und ein Buch aus dem alten Eichenregal aus England. Jetzt fehlte nur noch eine Tasse Tee. Eve hatte ihr vor ein paar Tagen ein Paket original englischer Teebeutel geschenkt. Anne liebte diesen Tee. Sie ging in die Küche und stellte den elektrischen Wasserkocher an. Da klopfte es unten an der Haustür. Wer konnte das nur sein? Sie lief die Treppe hinab und öffnete. Draußen standen Adam und Eve. Anne begrüßte sie erfreut: „Hallo, das ist ja eine nette Überraschung. Ich habe gerade den elektrischen Kessel angestellt, um einen Tee zu machen. Kommt herein." Sie freute sich wirklich über den unerwarteten Besuch. Aber dann bemerkte sie Eves verweinte Augen. „Hey, was ist los? Ist etwas mit den Mädels? Was ist passiert?", fragte sie erschrocken.

Adam hatte den Arm um Eve gelegt. „Eve hat heute ihre Kündigung aus St. Lizier bekommen. Sie ist ab sofort arbeitslos. Die Galerie bekommt keine Zuschüsse mehr und muss Personal entlassen. Eve wurde als Letzte eingestellt und wird jetzt als Erste entlassen."

Sie setzten sich. Anne gab den beiden einen Becher mit Tee und reichte den Zuckertopf dazu. „Hier, zwei extra Löffel Zucker für Eve", sagte sie fürsorglich.

Eve schnaubte laut in ihr Taschentuch. „Danke. Wie sollen wir jetzt hier überleben? Adam hat keine feste Arbeit. Diese Gelegenheitsjobs kommen nur im Sommer. Aber wir müssen auch im Winter von etwas leben. Und Sozialhilfe gibt es für uns nicht. Nur für die Mädchen bekommen wir etwas, solange sie hier zur Schule gehen. Wahrscheinlich müssen wir bald alles zusammenpacken und nach England zurück. Und das will ich auf keinen Fall. Wir müssten dann die Hunde und die Katzen hierlassen. Sie können wegen der Quarantänebestimmungen nicht mit. Und ohne meine Tiere gehe ich nirgendwohin." Eve fing wieder an zu weinen.

Anne war ziemlich ratlos. „Trink erst einmal einen Tee und dann werden wir gemeinsam nachdenken."

Die drei saßen dichtgedrängt auf dem kleinen Sofa. Der Kamin strömte eine wohlige Wärme aus. Anne stand auf und legte noch einen Holzscheit nach. „Also, ich hätte da schon so eine Idee", sagte sie zögernd.

Eve schaute sie erwartungsvoll an. Anne setzte sich auf den Hocker und musterte die beiden Freunde. „Ihr wisst doch, ich hatte in den letzten Wochen so einige Busgruppen hier und auch etliche andere Besucher. Immer fragten sie nach kalten Getränken oder einem Kaffee."

„Und natürlich nach den Toiletten", ergänzte Adam lachend.

Anne grinste zurück. „Na, die sind die Hauptattraktion schlechthin. Aber mal ganz im Ernst. Ich habe mir überlegt, im hinteren Klassenzimmer ein kleines Café einzurichten. So mit circa 20 Plätzen. Das reicht für den Winter. Und im Sommer können alle draußen auf dem Schulhof sitzen. Und bei Regen gibt es noch den alten Unterstand auf dem Hof. Was denkt ihr?"

„Anne, das ist zwar eine gute Idee, aber das kostet sicher viel Geld. Wovon willst du das bezahlen?" Eve winkte ab.

Adam dachte nach. „Unser Hauptproblem wird die Mairie sein. Du wirst keine Genehmigung für ein Café bekommen. Da gibt es strikte Auflagen."

Anne grinste. „Hast du gerade ‚unser' Hauptproblem gesagt? Ha, das hatte ich gehofft! Seid ihr dabei? Ich kann doch kein Café hier machen ohne eure Hilfe."

Adam und Eve sahen erst sich an und dann Anne. Plötzlich sprangen beide schreiend auf und umarmten sie, die von diesem für Engländer ganz und gar untypischen Gefühlsausbruch völlig überrascht war. „Oh Anne, das ist eine wunderbare Idee. Natürlich machen wir mit. Wir schaffen das. Ich habe auch schon mal in einem Café gearbeitet." Eve war nicht zu bremsen.

Adam schüttelte den Kopf. „Also, noch einmal zum Mitschreiben: Es wird kein Café werden. Das ist sicher. Wisst ihr denn nicht, dass ein Café in Frankreich eine Institution ist mit einer Bar, Tabakverkauf, Großbildfernseher und Wettbüro? Das wollen wir doch nicht, oder? Und keiner gibt Ausländern dafür eine Lizenz. Was wir wollen, ist eine Teestube. Ein ‚Salon de Thé'. Da gelten andere Verordnungen."

Sie sahen sich an. Ja, die Teestube war eine gute Idee. Es würde Teegedecke geben wie englischen Tee mit Scones. Eve liebte diese Buttermilchbrötchen, die mit Schlagsahne und Erdbeermarmelade serviert wurden. Und Anne schlug vor, eine Spezialität aus ihrer deutschen Heimat anzubieten. Der Ostfriesentee würde mit Waffelhörnchen serviert werden. Und Adam schlug russischen Tee vor.

Anne nahm Papier und Stift und machte eine lange

Liste mit Vorschlägen. Dann eine Liste mit Dingen, die sie würde einkaufen müssen.

„Und an was für Möbel hast du gedacht?" Adam plante schon den Außenbereich.

Anne überlegte. „So richtig schicke Gartenmöbel kann ich mir nicht leisten. Für den Anfang werden einfache weiße Plastiktische und -stühle reichen müssen. Dazu nette Tischdecken und Vasen. Und für drinnen habe ich auch schon etwas gesehen. Hier in der ‚Zero Neuf‘ ist eine Anzeige von einem Möbelhaus in Foix, da gibt es runde Esstische aus Metall mit passenden Bistrostühlen zu einem sehr günstigen Preis. Wir fahren da morgen gleich hin und kaufen sechs Sets. Dann haben wir vierundzwanzig Plätze."

Der Vorschlag fand allgemeine Zustimmung.

„Aber wie willst du das alles bezahlen, Anne?" Eve war besorgt.

„Ich hatte doch mal ein Geschäft in England. Und einer meiner Kunden musste mir nach einer langjährigen Klage einen etwas größeren Betrag nachzahlen. Der liegt noch gut verzinst auf meinem Konto in Deutschland. Jetzt werde ich ihn mir holen. Dann kann ich alles Weitere auch gleich einkaufen. Ich denke, ich fahre am Wochenende los. Dann bin ich bis Ende nächster Woche wieder hier. Was sagt ihr? Übrigens, könnt ihr hier derweilen tagsüber die Stellung halten?"

Adam und Eve nickten beide. Dieser Tag hatte für alle ein überraschendes Ende gefunden.

Eine Woche später kehrte Anne aus Deutschland zurück. Ihr kleiner Transporter war bis oben hin gefüllt mit

Tischen und Stühlen, Geschirr und anderem Zubehör. Als Eve die Aufkleber eines schwedischen Möbelhauses an den Kartons sah, lachte sie. „Hey, Anne, dafür hättest du nicht nach Deutschland fahren müssen. Wir haben jetzt auch ein blau-gelbes Einkaufsparadies in Toulouse."

Anne freute sich. „Na, da werden wir bestimmt noch einmal hinfahren müssen. Dann machen wir uns einen schönen Tag und kaufen auch gleich Weihnachtsdekoration." Sie seufzte. Nur noch vier Wochen bis Weihnachten. Die Arbeiten in der Kirche gingen im Moment kaum voran. Es war zu kalt und stürmisch geworden.

Am frühen Nachmittag sicherte sie die noch nicht reparierten Fensterteile mit ein paar Sperrholzplatten ab. Das machte die Kirche noch dunkler als zuvor. Aber es war notwendig. Der letzte Regen hatte große Pfützen auf dem Steinboden hinterlassen. Wenn noch Frost dazukam, würden die Bodenplatten vielleicht zerplatzen. Sie sägte und hämmerte voller Konzentration. So hörte sie auch nicht, wie ein Besucher eintrat. „Bonjour Madame. Wie ich sehe, sind Sie immer noch bei der Arbeit?" Jean-Jacques Villon stand plötzlich hinter ihr.

Vor Schreck schlug sie sich mit dem Hammer auf den Daumennagel. „Ach, verflucht. Haben Sie mich aber erschreckt! Oh pardon!" Anne versuchte zu lächeln. Aber der Schmerz trieb ihr die Tränen in die Augen.

„Désolé! Ich wollte Sie wirklich nicht erschrecken. Eigentlich wollte ich Sie in Ihrer Werkstatt besuchen, aber dort sagte mir eine äußerst charmante Dame namens Äff, Sie seien hier. Wer ist diese Dame? Und ist sie schon vergeben?"

Anne fragte sich, ob sie richtig gehört hatte. Dieser Villon hatte es offensichtlich faustdick hinter den Ohren.

„Monsieur Villon, da muss ich Sie leider enttäuschen, diese Frau hat einen äußerst charmanten Mann und zwei fast erwachsene Töchter. Da kommen Sie zwanzig Jahre zu spät."

Villon lachte und zuckte die Schultern. „C'est la vie!" Damit war das Thema erledigt. „Warum ich mit Ihnen sprechen möchte, ist die Teestube. Von Seiten der Mairie ist offiziell nichts gegen so ein Projekt einzuwenden. Mein Nachfolger ist zwar nicht sonderlich begeistert, er fürchtet Konkurrenz für die Leute von Villefranche. Aber Sie sind hier ja weit genug weg. Und die Idee finde ich gar nicht so übel. Ich habe mir dazu so meine eigenen Gedanken gemacht. Wir haben hier in der Umgebung ein paar recht respektable Künstler, die seit langer Zeit eine Ausstellungsmöglichkeit suchen. Leider haben die Leute hier vor Ort nicht die notwendige Weitsicht und das kulturelle Verständnis so wie ich. Immerhin bin ich schon viel gereist und ein Freund der Kunst. Daher wollte ich Ihnen mal meine Gedanken unterbreiten." Villon strich sich durch das Haar. „Bon, was sagen Sie dazu? Sie könnten die Teestube mit einer Galerie kombinieren."

Anne war sprachlos. Das war keine schlechte Idee. So würden nicht nur Touristen kommen, ausstellende Künstler hatten auch Freunde und Verwandte und würden die Ausstellungen besuchen und vielleicht einen Tee trinken. Monsieur Villon überraschte sie immer wieder aufs Neue. Warum tat er eigentlich so viel für sie? War er etwa in sie verliebt? Hoffentlich nicht. Oder hatte es eher mit der örtlichen Dorfpolitik zu tun? Sie war etwas verunsichert und antwortete zögerlich: „Also, ich finde, das ist eine hervorragende Idee."

Villon war zufrieden. Er schaute sich noch ein wenig um und verabschiedete sich dann.

Als Anne später in die Werkstatt zurückkehrte, erzählte sie Eve von Villons Vorschlag. Sie war begeistert. „Anne, das wird ein richtig tolles Projekt. Wann soll es losgehen? Noch vor Weihnachten?"

Anne überlegte. „Das werden wir nicht schaffen. Der Raum muss noch gestrichen werden, das wird nicht einfach mit den hohen Decken. Wir reden hier von fast vier Metern. Da brauchen wir ein Gerüst. Und vor dem Streichen müssen wir überall noch die alte Kalkfarbe abkratzen, die blättert überall schon ab und bleibt sonst beim Streichen am Pinsel kleben. Das Problem hatte ich schon oben in der Wohnung. Es war zum Verzweifeln. Ich habe dann einfach Tapeten darübergeklebt. Aber hier unten können wir das nicht machen."

In dem Augenblick trat Adam ein. Er war gekommen, um Eve abzuholen. Sie besprachen das Problem mit dem Streichen noch einmal und Adam überlegte. Dann hatte er die Lösung. „Ich hatte mal ein ähnliches Problem in einem alten Club in England. Wir haben uns einen Kompressor geliehen mit einer Spritzpistole, die Farbe verdünnt und dann den ganzen Saal an einem Tag weiß gesprüht. Hat wunderbar geklappt und hält – soweit ich weiß – noch bis heute."

Anne nickte. „Dann brauchen wir jetzt einen Kompressor. Den könnte ich ohnehin gut gebrauchen zum Sandstrahlen von Glas. Und dann das Gerüst."

Adam lachte. „Aber bitte nicht von der Firma, die das Gerüst in der Kirche aufgestellt hat. Ich bin nicht lebensmüde!"

Anne stimmte spontan in sein Lachen ein. „Ich auch nicht."

Sie setzten sich zusammen und machten eine weitere Liste. Dann wurden das Telefonbuch und die Gelben Seiten konsultiert und telefonische Erkundigungen eingeholt. Nach zwei Stunden harter Detektivarbeit hatten sich die drei einen Kaffee verdient. Anne beschloss, mit Adam gleich morgen die notwendigen Teile in Toulouse zu besorgen. Er kannte sich dort aus.

KAPITEL 14

Villon war heute in Sachen Kunst unterwegs. Zuerst fuhr er mit seinem Wagen in Richtung St. Girons. Kurz vor der Stadt bog er auf eine schmale Straße ab, die sich durch dichten Wald einen steilen Berg hochschlängelte. Der Motor seines alten Peugots musste hart arbeiten, er schaltete einen Gang runter und dann noch einen. Im Schneckentempo erreichte er den höchsten Punkt der Straße. Dann ging es leicht bergab. Fast wäre er an der Abzweigung vorbeigerollt, die zum Haus der Künstlerin führte. Das Haus lag in einem tiefen Tal. Sobald der Wagen auf den Hof fuhr, wurde er von einer Meute kleiner Hunde empfangen, die ihn bellend und knurrend begrüßten. Villon traute sich nicht auszusteigen, so hupte er ein paar Mal und wartete. Es dauerte einen Moment, bevor die Eigentümerin erschien. „Hallo, Jean-Jacques, das ist aber eine Überraschung. Was kann ich für dich tun?"

„Bonjour, Estelle, wie geht es dir? Was macht die Malerei? Ich dachte, ich komme mal vorbei und bringe dir ein paar Neuigkeiten."

Estelle lachte und bat ihn herein. Die Hunde zeigten sich wieder friedlich und folgten ihnen ins Haus. „Was für Neuigkeiten? Los, erzähl. Hast du eine Neue gefunden?"

Villon lachte bitter. „Mit Frauen bin ich fertig. Es sei denn, du überlegst es dir und nimmst mich zum Liebhaber."

Estelle zog die Augenbrauen hoch. „Mein lieber Jean-Jacques, das hatten wir doch vor Jahren schon geklärt. Darauf kannst du lange warten. Dich zum Liebhaber zu nehmen, wäre eine Katastrophe – für uns beide! Lassen wir das Thema. Also, was gibt es?"

Villon überlegte kurz. Er musste jetzt ganz vorsichtig taktieren. „Estelle, ich habe eine Möglichkeit für dich gefunden, hier im Ariège eine Ausstellung zu machen. Es wird demnächst eine neue Galerie in meiner Gegend eröffnet und die Betreiberin sucht Künstler aus der Region. Nicht irgendwelche Künstler, sondern Künstler mit einem gewissen Niveau. Und da habe ich sofort an dich gedacht."

„Ach ja?" Estelle lachte wieder. „Und du glaubst, ich stelle dort aus?"

Villon machte ein betretendes Gesicht. „Ich denke, es wäre eine gute Gelegenheit, deine Arbeiten auch mal außerhalb von Paris zu zeigen. In deiner Heimat sozusagen. Du hast auch hier Bewunderer."

Estelle stellt ihm eine Tasse Kaffee hin. „Und du glaubst, die Leute hier würden auch etwas kaufen? Vergiss es!"

Villon fühlte sich jetzt verletzt. Immerhin kaufte er seit Jahren Estelles Bilder. Damals noch zu Preisen, die er sich leisten konnte. In den letzten Jahren hatte sich das aber geändert. Estelle war auf dem europäischen Kunstmarkt inzwischen bekannt geworden und Sammler und Liebhaber ihrer abstrakten Kunst zahlten Preise, die Telefonnummern glichen. Aber so schnell gab er nicht auf. Er erzählte ihr von Anne, ihrem Glasatelier, den englischen Freunden und den Plänen von der Teestube und der Galerie.

Estelle hörte geduldig zu und goss in regelmäßigen Abständen den Kaffee nach. Sie begann sich zu interessieren. Villon nahm es mit Freude zur Kenntnis. „Okay, du alter Gauner. Ich schau mir die Dame und die Räumlichkeiten mal an. Da ich im Moment finanziell etwas klamm bin, könnte ich ein wenig Geld schon brauchen." Sie kräuselte die Stirn. „Ich musste mir letzten Monat einen neuen Wagen kaufen. Der alte ist mir auf der Fahrt nach Paris verreckt. Also habe ich mir einen nagelneuen Sprinter gekauft, in dem ich auch meine großformatigen Bilder transportieren kann. Und das kostet!"

Villon war zufrieden. Er hatte den Köder ausgeworfen und der Fisch hatte angebissen. So setzte er sich ins Auto und winkte Estelle zum Abschied noch einmal zu. Auf dem Beifahrersitz lag eine Liste mit weiteren Künstlern. Wie kam er bloß von hier zu Lucs Atelier? Wann hatte er den Bildhauer das letzte Mal besucht? Es musste Jahre her sein. Villon musste sich konzentrieren. Zufrieden fuhr er den Weg durch den Wald zurück. Es lag Frost in der Luft.

KAPITEL 15

In der alten Schule von Rieu herrschte geschäftiges Treiben. Die vorbeifahrenden Bewohner der umliegenden Ortschaften hatte Mühe, sich den Weg nach Camerade zu bahnen. Überall standen Autos, so dass die Fahrbahn gefährlich eng wurde. Und als Édouard Rogalle mit Trecker und Anhänger abbiegen wollte, kam er nicht durch. Wütend setzte er den Trecker zurück auf die Hauptstraße und stieß dabei fast mit einem LKW zusammen, der etwas zu schnell aus Richtung Villefranche herangebraust kam. Wüste Beschimpfungen in beide Richtungen waren die Folge.

Zu Hause angekommen, telefonierte er sofort. Er rief die Gendarmerie in Villefranche an und beschwerte sich bitterlich darüber, dass die vielen Autos an der alten Schule den Verkehr behinderten. Er verlangte eine sofortige Klärung durch die Polizei. Da der Beamte nicht sogleich wie gewünscht reagierte, schrie Rogalle ihn an.

Der Gendarm kannte den Bauern seit Jahren. Sie hatten gemeinsam so manches Bier in der Bar Tabac getrunken. Am besten wäre es, er würde jetzt sofort auflegen. Dann wäre er nicht gezwungen, auf diese Beschimpfungen zu reagieren.

Rogalle hörte ein Klicken in der Leitung und schnappte nach Luft. Der Flic hatte einfach aufgelegt. Verbittert ging Rogalle wieder hinaus und schaute in Richtung der alten Schule. Jetzt hatte die Anglaise nicht nur Villon, sondern auch die Gendarmerie um den Finger gewickelt. Das war skandalös! Hier steckten doch alle unter einer Decke. Es war der reinste Sumpf. Da hatte man als normaler Mensch keine Chance. Wütend stapfte er hinüber zum Schafstall.

Anne hatte gerade die letzten Weihnachtsdekorationen am Eingang angebracht und schaute sich ihr Werk vom Schulhof aus an. Sie war zufrieden. Dunkles Tannengrün mit riesigen roten Schleifen schmückte die alte Doppeltür. Innen war Eve damit beschäftigt, in der aufgeräumten Werkstatt einen Tisch mir Gläsern und Knabberzeug vorzubereiten. Auf einem anderen Tisch standen bereits Behälter mit heißem Punsch, Kaffee und etliche Teller mit Gebäck. Eve schaute sich um. Ja, so konnte es bleiben. Alles sah sehr schön und festlich aus.

Im hinteren Klassenzimmer war Adam dabei, das letzte Bild von Estelle richtig aufzuhängen. Es hatte schief gehangen, was der Künstlerin sofort ins Auge gefallen war. Also musste Adam die Bohrmaschine noch einmal aus dem Auto holen. Und die Steinwände dieser Schule waren eine echte Herausforderung. Hinter ihm hantierte Luc mit einer schweren Steinskulptur. Er hob sie unter Stöhnen von einem weißen Holzsockel und schob diesen einen halben Meter weiter in den Raum. Dann setzte er den Stein wieder darauf. Er ging zur Tür und schaute sich das Ergebnis an. Ja, so konnte es bleiben. So gab es genügend Platz um jede Stele herum. Wer weiß, vielleicht kamen ja viele Besucher zur Vernissage. Er schaute auf die Uhr. Genügend Zeit für einen Kaffee und eine Zigarette. Er ging durch den Flur zur Eingangstür.

Anne kam gerade herein. „Hallo, Luc, alles in Ordnung? Steht alles? Hol dir doch ein Stück Quiche bei Eve ab. Wir wollen alle noch eine Kleinigkeit essen, bevor die Massen hereinströmen. Ach, da kommt auch schon Monsieur Villon ..." Erfreut ging sie dem Mann entgegen und wollte ihn mit ausgestreckter Hand begrüßen.

Der aber umarmte sie herzlich und küsste sie einmal auf die rechte Wange, dann auf die linke und noch einmal auf die rechte. Sie war überrascht. „Liebe Anne, bitte nennen Sie mich Jean-Jacques. Ich bin so stolz auf Sie und Ihre Freunde. Ist alles vorbereitet?"

Anne nickte.

„Très bon! Dann kann es ja gleich losgehen. Ich habe mein Bestes gegeben und einige der wichtigsten Leute hier im Ariège eingeladen. Und sie haben fast alle zugesagt."

Anne war gespannt auf diesen Nachmittag. Jean-Jacques hatte sich auch angeboten, die Eröffnungsrede zu halten. Schnell ging sie noch einmal in die Werkstatt und in den Galerieraum. Alles stand bereit. Die Gäste konnten kommen.

Es war früher Abend. Anne, Eve und Adam saßen erschöpft oben in der Küche und tranken den letzten Champagner. Draußen war es bereits dunkel geworden. Eve zog ihre hohen Pumps aus und stöhnte. „Ich weiß nicht, wie es euch geht, aber ich bin völlig fertig. Und meine Füße bringen mich um! Wer hätte gedacht, dass es so voll wird. Draußen auf der Straße herrschte ja das blanke Chaos. Wie gut, dass die Gendarmen aufgetaucht sind und den Verkehr geregelt haben. Das war richtig nett von denen. Ob die wohl wegen dem Präfekten dort waren?"

Adam nahm sich noch ein Sandwich. „Habt ihr die Frau mit dem großen schwarzen Hut gesprochen? Sie kam mir gleich so bekannt vor. Sie ist eine ganz bekannte

Schauspielerin hier in Frankreich. Estelle hat sie mitgebracht. Sie soll hier in der Nähe ein Ferienhaus besit-
zen. Dafür, dass sie so berühmt ist, war sie sehr nett und
umgänglich. Wir haben uns lange unterhalten."

Anne stimmte ihm zu. Auch sie hatte mit der Dame gesprochen. Ihr Deutsch und Englisch waren hervorragend
gewesen. Sie hatte versprochen, bald mal wieder vorbeizuschauen, und Anne viel Erfolg gewünscht.

Und Erfolg gab es schon jetzt zu verzeichnen. Die drei
wollten es kaum glauben, aber am Ende der Vernissage
waren bereits etliche Gemälde und zwei große Steinskulp-
turen verkauft. Anne würde eine stattliche Kommission
dafür bekommen. Damit wären die Einrichtungskosten
für die Teestube bereits abgedeckt. Wenn das kein guter
Auftakt war.

Die Ausstellung würde bis Anfang Januar bleiben. Anne
wurde mehrmals nach den Öffnungszeiten über die bevorstehenden Feiertage gefragt. Schnell drückte sie den
Fragenden ihre neuen Flyer in die Hand. Dort gab es alle
Informationen über die alte Schule, die jetzt ganz offiziell
einen Namen hatte: Centre d'Art Azilien. So stand es jetzt
auch auf dem Schild an der Straße und auf einem großen
Banner, das oben zwischen zwei Fenster gespannt worden war. Dieses Banner war schon von Weitem zu lesen.
Jeder, der jetzt durch das Tal fuhr, konnte es frühzeitig
sehen. Jean-Jacques Villon hatte alles mit unendlichem
Enthusiasmus organisiert.

Bruno Krzwinski hatte den Nachmittag damit verbracht,
angestrengt aus dem Fenster zu schauen. Was ging dort
unten vor sich? Schon am Vormittag standen etliche Autos

neben der Schule. Fast versperrten sie die Wegkreuzung. Und am Nachmittag fuhren weitere Autos vor. Manche von ihnen waren große teure Wagen. Und einige wurden sogar von Chauffeuren gefahren. Elegante Herren und behütete Damen stiegen aus und strömten in die alte Schule. Auch zu Fuß kamen sie. Es waren Nachbarn aus dem Dorf. Was war dort los? Dann entdeckte er das Banner oben am Haus. Er konnte es nicht lesen, der Blickwinkel von seinem Haus aus war ungünstig. Er zog sich Schuhe und die dicke Winterjacke an und lief hinaus. Der Weg Richtung Friedhof war dicht überwachsen mit Brombeerranken und er musste sich wieder einmal den Weg durch das Gestrüpp bahnen. Er war überrascht, noch Brombeeren an den Ranken zu finden, pflückte sich ein paar Früchte und steckte sie in den Mund. Sie schmeckten leicht muffig. Er spuckte sie wieder aus. Die Brombeeren hatten ihm in der ersten Zeit hier eine wichtige Beschäftigung gegeben. Er hatte täglich eine Schüssel voll geerntet und dabei in liebevollen Erinnerungen geschwelgt. Seine Pfannkuchen waren inzwischen auch ganz passabel. Und er hatte eine Schale Marmelade gekocht, die er jeden Morgen auf sein Brot schmierte. Jetzt war alles aufgegessen.

Bruno hatte einen Punkt erreicht, von dem aus das Banner lesbar war. Es war weißgrundig mit einem schwarzen Logo darauf. In schöner, geschwungener Schrift stand dort: Centre d'Art Azilien. Darunter eine kleine Zeile mit den Wörtern: Atelier du Vitraux. Galerie. Salon de Thé.

Bruno war beeindruckt. Wer hätte das gedacht? Diese Anne war nicht nur attraktiv, sondern offensichtlich auch clever.

Irgendwie ging sie ihm nicht aus dem Kopf. Vielleicht

würde er in den nächsten Tagen mal wieder die Telefonzelle besuchen. Und vielleicht würde er sich sogar trauen, mal einen Blick in die alte Schule zu werfen. Eine Galerie hatte er schon lange nicht mehr besucht.

Ein paar Tage später machte Bruno sich so gegen achtzehn Uhr auf den Weg. Er hatte diese Zeit gewählt, um seinen Verleger anzurufen. In New York war es jetzt fast Mittag. Er betrat die Telefonzelle und wählte die lange Nummer. Das Telefon klingelte ein paar Mal, dann meldete sich eine Männerstimme. Harry Goldberg war selbst am Apparat. Bruno schluckte. „Hallo, Harry, ich bin es, Ray."

Er hörte, wie Harry nach Luft schnappte. Dann ein endlos erscheinendes Schweigen.

„Hallo Harry, bist du noch dran?"

Die Antwort kam sehr zögerlich. „Mein Gott, Junge! Ich dachte, du wärst tot! Nach dem Prozess gab es doch ein Attentat auf dich. Und in der Presse stand, du wärst dabei schwer verletzt worden und kurz darauf gestorben. Ich habe Blumen zu deiner Beerdigung geschickt. Konnte leider nicht persönlich kommen, da ich gerade mit einem Herzinfarkt in der Klinik lag."

Ray alias Bruno schluckte. Das war also die offizielle Taktik gewesen. Sie hatten seinen Tod fingiert. Er hatte keine Ahnung gehabt. Er wusste nur, dass der FBI seine Eltern kurz benachrichtigt hatte. So hatten diese gewusst, dass er lebt, und waren nicht überrascht, als er vor ein paar Wochen aus Frankreich angerufen hatte. „Harry, ich kann nicht lange reden. Ich bin weg, untergetaucht. Also mach dir bitte keine Sorgen. Ich rufe aus einem anderen Grund an. Mir fällt hier die Decke auf den Kopf und ich habe gerade wieder angefangen zu schreiben. Kann ich die Serie weitermachen oder habt ihr schon Ersatz für mich gefunden?"

Harry atmete schwer. „Ray, ich habe die Serie vorerst eingestellt. Ich konnte es einfach nicht übers Herz bringen, sie von jemand anderen schreiben zu lassen. Du kannst sie sofort wiederhaben. Wo bist du überhaupt?"

„Nicht in den Staaten. Mehr sage ich nicht. Das wäre zu riskant."

Harry überlegte kurz. „Bist du vielleicht in Europa?"

Die Antwort kam zögerlich. „Vielleicht."

Harry hatte sich jetzt aus der Starre gelöst und sein Gehirn lief auf vollen Touren. „Pass auf, Junge, egal, wo du bist, ich will dir helfen. Schreibe weiter für mich unter einem Pseudonym. Und schicke die fertigen Manuskripte an meinen Bruder in der Schweiz. Er kann sie dann an mich weiterschicken. Das ist am unauffälligsten. Hast du etwas zum Schreiben dabei?" Harry gab ihm eine Adresse in Zürich. „Und das mit dem Bezahlen kriegen wir auch irgendwie hin. Das können wir auch von der Schweiz aus machen."

Ray dankte seinem Verleger.

„Dann wünsche ich dir für die Zukunft alles Gute und ein frohes und gesegnetes Weihnachtsfest. Das war jetzt überhaupt das schönste Weihnachtsgeschenk, das man mir machen konnte. Junge, mach es gut. Wir bleiben in Verbindung. Du kannst voll auf mich zählen." Harrys Stimme brach ab und Ray hörte ein Knacken in der Leitung. Harry hatte aufgelegt.

Ray schluckte. Tränen liefen über seine Wangen. Er öffnete die Glastür und trat aus der Telefonzelle. Draußen war es bitterkalt geworden. Er schaute auf die hell erleuchteten Fenster im Obergeschoss der Schule und sah Annes Schatten am Fenster vorbeigehen. Und ein Gefühl stieg in ihm hoch. Dieses Gefühl hatte er lange nicht mehr gehabt – Sehnsucht. Die Sehnsucht nach Liebe, Geborgenheit, Zugehörigkeit. Genauer gesagt war es die Sehnsucht nach Anne. Dieses Eingeständnis erschreckte ihn. Er stand einen Augenblick wie versteinert da. Dann drehte er sich um und ging mit großen Schritten in die Dunkelheit seines Daseins zurück.

KAPITEL 16

Am Sonntag vor Weihnachten rief Eve schon früh an. „Hallo, Anne, hier wartet ein großes Hundemädchen auf Abholung. Hast du uns vergessen?"

Anne war gerade aus dem Bett gestiegen und trank ihren ersten Kaffee in Schlafanzug und dickem Bademantel. Die Wohnung war über Nacht ausgekühlt. Sie hatte schnell die Reste der Glut geschürt und neue Holzscheite nachgelegt. Mit ein wenig Glück würde es bald warm werden. „Eve, es tut mir leid. Ich habe verschlafen. Wie spät ist es denn schon?"

Eve lachte. „Keine Panik, es ist gerade mal neun Uhr. Nur, die Mädels wollen zu Freundinnen fahren. Aber nicht, bevor du Shelly hier abgeholt hast. Da wollen sie dabei sein, die Süßen."

Anne überlegte. „Okay, ich bin in einer halben Stunde da. Aber ich habe vergessen, Hundefutter zu kaufen."

Eve beruhigte sie. „Da können wir aushelfen. Komm einfach gleich rüber."

Gegen Mittag war Anne wieder zurück in der Schule. Shelly, die sich in den letzten neun Wochen von einem kleinen grauen Welpenbaby zu einem recht großen blonden Hund mit unproportional langen Beinen entwickelt hatte, war voller freudiger Erwartung auf die Ladefläche in Annes Wagen gehüpft. Anne fuhr vorsichtig los. Shelly fiel um und in Panik machte sie einen großen Satz über den Sitz, stand auf dem Beifahrersitz neben Anne und schaute aufgeregt aus dem Fenster. Anne fuhr vorsichtig nach

Hause. Sie öffnete die Tür zur Schule und ging hinein. Shelly folgte ihr. Als sie die Treppe halb hinaufgegangen war, schaute sie sich um. Shelly stand schwanzwedelnd am Fuße der Treppe und schaute hilflos nach oben.

„Na, komm schon hoch! Du kannst das!", rief sie lockend nach unten. Shelly setzte die Vorderbeine auf die erste Stufe und schaute Anne mit großen braunen Augen an. Anne lachte und versuchte es noch einmal. „Komm hoch, du dusseliges Vieh." Shelly nahm noch einmal Anlauf und bremste wieder auf der untersten Stufe ab.

Okay, dachte Anne, dann komm ich runter und zeig dir, wie man das macht.

Nach mehrmaligem Anlauf hatten sie es dann gemeinsam geschafft. Oben rannte Shelly gleich ins Wohnzimmer und hopste mit allergrößter Selbstverständlichkeit auf das kleine Sofa vor dem warmen Kaminfeuer.

Anne schüttelte lächelnd den Kopf. „Na so was! Treppen kennst du nicht, aber ein Sofa. Ist ja interessant. Nur bin ich mir nicht sicher, ob ich dieses Sofa mit dir teilen möchte. Ich habe nämlich ein ganz schön breites Hinterteil. Da bleibt dir nicht viel Platz."

Shelly ignorierte ihre Worte, legte den Kopf aufs Kissen und schloss die Augen. Bald darauf ertönte ein leises Schnarchen.

Kurz nach Mittag kam die Sonne heraus und draußen stieg die Temperatur auf wohlige achtzehn Grad. Anne schaute aus dem Fenster. Ein perfekter Nachmittag für einen kleinen Spaziergang. Sie nahm das Hundehalsband und die neue Leine und rief nach Shelly. Die kam sofort angelaufen, als sie die Leine sah.

Die beiden liefen los. Zuerst ein Stück an der Straße entlang, dann zur Kapelle, dann den Kreuzweg hinauf und am Friedhof vorbei. Oben angekommen musste Anne sich erst einmal auf eine der Bänke setzten. Sie war völlig außer Atem. Sie schloss die Augen und genoss die Sonnenstrahlen. Kein Geräusch störte ihre Ohren. Kein Vogel sang, keine Grillen zirpten. Aber es war ja auch Winter. Sie öffnete die Augen und blickte auf die Bergkette der Pyrenäen. Die Schneegrenze war weit nach unten gerutscht. Ob man dort überhaupt noch fahren konnte? Sie erinnerte sich an ein Gespräch mit Suzanne vom Ziegenhof. Sie und ihr Mann fuhren im Winter gerne nach Andorra hoch zum Skilaufen. Man brauchte für den Weg unbedingt einen Allradantrieb und Schneeketten. Anne war in jungen Jahren gerne Ski gelaufen. Vielleicht sollte sie Suzannes Angebot annehmen und mal mit hochfahren. Sie würde sie gleich morgen mal wieder besuchen und darauf ansprechen.

Shelly hob den Kopf. Sie langweilte sich und wollte weiter. Anne stand auf und reckte sich. Sie gingen den schmalen Pfad durch die kahlen Brombeerbüsche. Shelly verfing sich sofort an den stacheligen Ranken und quiekte vor Schmerz. Anne hatte Mühe, die Ranken aus ihrem Fell zu ziehen. Endlich war es geschafft. Aber Annes Finger blutete.

Dann kam das kleine Häuschen in Sicht. Voller Freude sah sie die nach außen geöffneten Fenster. Jemand war zu Hause. Sie ging an den Fenstern vorbei zum Seiteneingang. Die Pergola war jetzt im Winter nur von kahlen Rankengewächsen bedeckt. In der Sonne saß ein Mann und blickte erschrocken von seinem Buch hoch. Voller Überraschung sah Anne Bruno. Sie spürte, wie ihr das Blut ins Gesicht stieg. „Entschuldigung, ich wollte Sie nicht erschrecken", stammelte sie.

Bruno stand langsam auf und kam auf sie zu. „Nein, ich war nur überrascht. Ich hatte Sie nicht kommen hören."

Anne stand verlegen da. „Ich wusste ja gar nicht, dass Sie hier oben wohnen. So dicht an der Schule."

„Ja, ich bin seit September hier."

„Na wenn das so ist, dann wundert es mich aber, dass wir uns nicht öfter mal sehen. Sie wollten doch mal auf ein Glas Wein vorbeikommen. Haben Sie das Telefonieren aufgegeben?" Anne lachte ihn freundlich an. Shelly zog derweilen an der Leine in Richtung Bruno. „Ich hoffe, Sie mögen Hunde? Das ist übrigens Shelly. Sie wohnt seit heute Morgen bei mir. Wir sind schon ein richtig gutes Team."

Shelly winselte und sprang begeistert an Anne hoch. Dann zog sie wieder in Brunos Richtung. Er bückte sich und kraulte dem Hund die Ohren. Shelly gefiel das. Bruno stand wieder auf. „Ich mag Hunde. Ich hatte als Kind auch einen Hund, er hieß Rover."

Sie standen beide etwas unschlüssig herum. Dann blickte Bruno direkt in Annes Augen. „Nun, wenn Sie schon einmal hier sind, können wir doch einen Kaffee zusammen trinken, oder? Ich wollte gerade welchen machen. Und ich habe einen Kuchen gebacken. Setzen Sie sich bitte. Ich bin gleich wieder da." Er verschwand im Haus, Anne hörte das Geklapper von Geschirr. Im Nu war er wieder da. Auf einem Tablett standen Tassen, Teller und ein verlockender Schokoladenkuchen.

„Hmmm ..., der sieht aber lecker aus. Was für ein Kuchen ist das?" Anne war begeistert.

Bruno lachte. Wie sollte er das erklären? „Also, das ist ein Mississippi-Mud-Pie mit viel Schokocreme und Sahne. Ein Stück davon und man fällt ins Kuchenkoma."

Jetzt mussten beide lachen.

„Oje, das hört sich ja gefährlich an. Aber ich wage es trotzdem. Ich liebe Schokoladenkuchen." Anne leckte sich die Lippen in Vorfreude. Bald stand auch der Kaffee auf dem Tisch. Shelly hatte sich inzwischen auf die Stufen der Veranda gelegt und beobachtete die Umgebung. So viele neue Eindrücke an einem Tag. So schloss sie bald ihre Augen und schlief ein.

Die Unterhaltung war schleppend. Anne wollte gerne mehr über Bruno erfahren, aber der hielt sich bedeckt. „Also, ich bin schon ein paar Mal hier vorbeigekommen und nahm an, dass wohl eine Frau hier wohnt. All die bunten Kissen und die schönen Möbel hier draußen. Es überrascht mich, hier einen Mann zu finden."

Bruno überlegte kurz. Dann antwortete er. „Ich habe das Haus nur gemietet. Und der Vermieter hat alles renovieren und einrichten lassen. Ja, es ist sehr gemütlich. Ich bin ganz zufrieden hier."

„Und was machen Sie so den ganzen Tag?" Anne war neugierig und wollte nicht so schnell aufgeben.

„Ich schreibe. Ich bin Schriftsteller. Da brauche ich viel Ruhe. Deshalb bin ich auch hier. Ich arbeite an einem Buch, das meine volle Konzentration braucht." Er hoffte, Anne würde sich damit zufriedengeben und nicht weiter nachbohren. Er hatte keine Lust, sich ausfragen zu lassen.

Anne spürte das instinktiv. „Was machen Sie übermorgen? An Weihnachten?"

Bruno sah sie überrascht an. Er hatte keine Ahnung.

Anne sah das und reagierte schnell. „Wenn Sie nichts vorhaben, möchte ich Sie gerne am Heiligen Abend einladen. Wir könnten zusammen essen und dann in den Mitternachtsgottesdienst in die Kapelle gehen. Das stelle ich mir sehr schön vor."

Bruno überlegte kurz. Dann nickte er langsam. Anne freute sich. Sie sprachen noch kurz die Uhrzeit ab und dann machten sich Anne und Shelly wieder auf den Weg. Als Anne sich noch einmal umdrehte, sah sie, wie er ihnen nachschaute und dabei sehr glücklich wirkte. Sie winkte noch einmal und er winkte zurück.

Am nächsten Morgen hatte Anne vieles zu organisieren. Mit Eve zusammen fuhr sie in den Supermarkt und kaufte für die Festtage ein. Eve hatte sie für den ersten Weihnachtsfeiertag zum Essen eingeladen. Aber sie brauchte ein paar leckere Sachen für den Heiligen Abend.

Eve wunderte sich über Annes Unentschlossenheit bei der Auswahl. „Was ist denn so Besonders an diesem Heiligen Abend, dass du so ein Theater wegen dem Essen machst? Man könnte denken, die Queen persönlich kommt bei dir vorbei."

Anne fühlte sich ertappt. Wie sollte sie das nur ihrer Freundin erklären? „Also, ich habe da so einen Mann kennengelernt und der kommt morgen Abend zum Essen und anschließend gehen wir zusammen in den Mitternachtsgottesdienst in die Kapelle. Das ist alles."

Eve schaute sie erstaunt an und rief dann mit schriller Stimme: „Du hast einen Mann kennengelernt? Wann? Warum weiß ich nichts davon?" Sie hüpfte vor Freude und umarmte Anne mitten im Einkaufsgetümmel. Die anderen Einkäufer blieben stehen und schauten auf diese beiden verrückten Ausländerinnen. Wie konnte man nur so kreischen? Sie schüttelten die Köpfe und setzten – leicht indigniert – ihren Einkauf fort.

Anne war das alles sehr peinlich. Eve bohrte nach und so erklärte sie kurz, wie sie Bruno das erste Mal getroffen hatte und dass er nur ein Nachbar sei.

Eve hob die Augenbrauen. „Das ist alles? Das glaub ich aber nicht. Du bist verliebt! Ich sehe es dir an. Das ist doch wundervoll. Warum bringst du ihn morgen Mittag nicht einfach mit zu uns? Und jetzt keine Ausreden!"

Anne dachte nach. Ja, warum eigentlich nicht? Bruno könnte sicher etwas Abwechslung gebrauchen. Aber würde er auch zustimmen? Sie war sich nicht so sicher. Er war schlecht einschätzbar. Aber versuchen konnte sie es.

Als die beiden den Supermarkt verließen, ging Eve zu einem großen Stand mit Austern, der vor dem Eingang stand. Anne folgte ihr neugierig. „Du kaufst doch wohl keine Austern? Die sind doch bestimmt furchtbar teuer."

Eve antwortete erstaunt. „Aber ein Weihnachtsessen ohne Austern geht gar nicht hier in Frankreich. Das hat Tradition. Du siehst ja die lange Schlange am Stand. Wir kaufen jetzt Austern und mach dir über den Preis keine Gedanken. In diesem Land sind sie bezahlbar." Als Eve an der Reihe war, nahm sie zwei Dutzend mittelgroße Schalentiere. Sie wurden in ein hübsches Holzkörbchen mit Holzwolle und Eiswürfeln gepackt. Eve bezahlte mit einem kleinen Schein. Der Verkäufer wünschte ihnen noch ein „Bonne Noël" und bediente schon den nächsten Kunden. Plötzlich drehte Eve sich noch einmal um und ging zurück.

Der Verkäufer sah sie und lächelte sie augenzwinkernd an. „Noch etwas vergessen, Madame?"

„Ja, geben Sie mir bitte noch vier von den ganz großen. In einer Extra-Tüte, bitte." Sie reichte nochmal einen Schein herüber, nahm die braune Papiertüte und drückte sie Anne in die Hand „Hier, für euch Turteltäubchen. Du weißt, was man über Austern sagt? Sie sollen bei Liebenden eine ganz bestimmte Wirkung haben." Eve kicherte und boxte Anne gegen den Arm. Annes Gesicht färbte sich dunkelrot. Das war alles so peinlich. Als sie zum Auto gingen, sang Eve leise vor sich hin: „Anne ist verliehiebt, Anne ist verliebt."

Thierry und Édouard Rogalle, die ebenfalls Austern kaufen wollten, drehten sich nach den beiden Frauen um und schauten ihnen hinterher. „Was sagt man dazu, eh? Die Anglaise ist immer noch da. Vielleicht sollten wir uns einfach damit abfinden, dass sie bleibt." Édouard wandte sich wieder den Austern zu.

Thierry starrte den Frauen immer noch hinterher. Er zog die Schultern hoch. „Na ja, besser eine Galerie in der Nachbarschaft als ein Hotel für Snobs. Übrigens, hast du schon gehört? Bennier ist auf der Flucht vor der Steuerbehörde. Da hatte wohl Villon seine Finger im Spiel." Die beiden lachten hämisch.

KAPITEL 17

Am vierundzwanzigsten Dezember war das „Centre d'Art Azilien" noch bis vierzehn Uhr geöffnet. Eigentlich hatte Anne nicht mit Kunden gerechnet, aber im Laufe des Vormittags kamen zwei Paare und ein paar einzelne Damen vorbei. Adam verkaufte noch zwei von Estelles Bildern. Auch Anne verkaufte ein paar Glasarbeiten. Sie hatte kleine Kopien der Maria mit Kind gemalt und mit feinen Bleiruten zusammengefügt. Dann hatte sie eine weitere Idee per Zufall gefunden. Im Fenster des Supermarkts hatte sie die Plakate des Höhlenmuseums in Villefranche entdeckt. Dort waren Abbildungen von prähistorischen Höhlenmalereien zu sehen. Sie hatte diese Motive auf ein beiges Opalglas gemalt und kleine Lampen daraus gefertigt. Schon bei der Vernissage hatten die Leuchten viel Beachtung gefunden. Nun verkaufte sie gleich mehrere an eine einzige Kundin, die sie als Weihnachtsgeschenke für ihre in Paris lebenden Kinder wollte. So ging der Vormittag schnell vorbei. Als es fast Zeit zum Schließen war, nahm sie eines der Marienbilder und packte es liebevoll ein. Hoffentlich würde Bruno sich darüber freuen.

Pünktlich zur vereinbarten Zeit stand Bruno mit einer Flasche Rotwein vor der Tür. Sie hatte beschlossen, ihn auf Französisch zu begrüßen – mit einem kleinen Küsschen rechts und links auf die Wange. Er schien wie erstarrt. Sie bemerkte es und erschrak. Da musste sie jetzt durch. „Hallo, Bruno, schön, dich zu sehen. Komm doch bitte herein. Möchtest du dir die Werkstatt und die Galerie anschauen, bevor wir hochgehen?"

Er blickte sich um und nickte. Anne führte ihn durch die unteren Räume und erklärte das Konzept der alten Schule. Bruno schien beeindruckt zu sein. „Aber das alles wäre nicht so entstanden, wenn es Monsieur Villon, den ehemaligen Bürgermeister, nicht gegeben hätte. Er hat so viele Ideen und seine ganzen Kontakte haben das hier erst möglich gemacht. Ich habe ihm viel zu verdanken. Und meinen englischen Freunden Adam und Eve auch. Ohne sie könnte ich das hier alles nicht machen. Sie betreiben die Teestube und die Galerie für mich und machen das richtig gut. So kann ich mich voll auf die Restaurierungen konzentrieren."

„Monsieur Villon?" Bruno blickte misstrauisch zu Anne.

„Ja, kennst du ihn?", fragte sie überrascht.

„Nur flüchtig. Er ist mein Vermieter. Hat er mich mal erwähnt?"

Anne überlegte kurz. „Nein, das hat er nicht. Ich hatte ja keine Ahnung ..."

Bruno schien sich wieder zu entspannen. Die beiden gingen nach oben in die Wohnung. Anne hatte den Tisch in der Küche für zwei gedeckt und ein paar Tannenzweige und eine Kerze zur Dekoration an das Tischende gestellt. Sie hatte das Deckenlicht ausgeschaltet und dafür eine der neuen Tischlampen mit der Höhlenmalerei auf die kleine Vitrine gestellt. Die Küche wirkte dadurch sehr gemütlich.

„Das duftet aber herrlich hier." Bruno schnupperte und lächelte zum ersten Mal an diesem Abend.

„Das ist der Lammbraten. Ich hoffe, du bist kein Vegetarier?"

„Nein, das bin ich nicht."

Anne war erleichtert. Bruno setzte sich und Anne servierte den ersten Gang: Austern mit Champagner. Bruno pfiff voller Hochachtung durch die Zähne. Ein toller Auftakt für ein festliches Essen. Wie gut, dass beide Austern mochten.

Anne servierte den nächsten Gang. Es gab einen Salat und eine Pâté de Foie Gras mit Baguette und dazu einen süßlichen Weißwein. Es schmeckte vorzüglich. Danach kam der Lammbraten mit geröstetem Gemüse und einer Minzsoße. Dazu gab es eine Flasche Fitou. Bruno strahlte sie über den Tisch hinweg an. „Du bist ja eine hervorragende Köchin, Anne. Und du kennst anscheinend auch meinen Lieblingswein."

Anne fühlte sich geschmeichelt. „Tja, ich habe viele Qualitäten, von denen du noch nichts weißt."

Bruno überlegte, ob Anne jetzt mit ihm flirtete. Er war sich nicht sicher.

Anne fuhr fort: „Ich habe noch etwas ganz Spezielles – nur für dich – zum Nachtisch. Ich bin schon gespannt, was du dazu sagst. Es ist ein Rezept meiner Mutter aus Deutschland und wir essen es zu jedem Weihnachtsfest." Mehr wollte sie nicht verraten.

Sie räumte die Essteller weg und ging zum Kühlschrank. Nun stellte sie eine Tonschale auf den Tisch und dazu einen Krug mit Vanillesoße, löffelte dann die dunkle Masse in zwei Glasschalen und goss Soße darüber. Sie reichte Bruno eine Schale.

„Anne, ist das Mohn?" Bruno beugte sich dicht über die Schale, um den Inhalt im Dämmerlicht erkennen zu können.

„Richtig, das sind Mohnklöße. Meine Mutter kam aus

Schlesien, dem heutigen Polen. Da ist das Tradition. In der Weihnachtszeit gibt es Mohnpiele. Ich wusste, du kennst das."

Bruno nahm den kleinen Löffel und probierte. Er schloss die Augen und genoss. Als er die Augen wieder öffnete, rollte eine dicke Träne seine Wange hinunter. „Das erinnert mich an meine Kindheit. Meine Großmutter hat sie auch immer gemacht. Und meine Mutter auch." Seine Stimme versagte. Ein stiller Schmerz brach aus ihm heraus. Er weinte.

Anne war erschrocken. Da saß ein erwachsener Mann an ihrem Tisch und heulte. Sie war peinlich berührt. War das jetzt allgemeine Weihnachtssentimentalität oder etwas ganz anderes? „Erzähl mir von ihnen. Aber nur, wenn du magst."

Er zögerte. Was sollte er sagen?

Anne wartete einen Augenblick, dann stand sie auf, ging um den Tisch herum und umarmte ihn von hinten. Sie drückte ihren Kopf gegen seinen. Dann flüsterte sie in sein Ohr: „Bruno, es ist alles gut. Lass es einfach alles raus. Ich bin eine gute Zuhörerin."

Bruno nahm einen tiefen Atemzug. „Nichts ist gut. Mein Leben hier ist eine einzige Lüge." Und dann brach es aus ihm heraus. Anne hörte voller Staunen, was Bruno passiert war und wie er nach Frankreich und in ihre Nachbarschaft gekommen war. Sie konnte es kaum glauben. Sie hatte von Zeugenschutzprogrammen gehört, aber sich nie Gedanken darüber gemacht, was es für einen Menschen bedeutete, alles aufzugeben und jemand anderes zu werden. Und sie verstand nun, warum er so unnahbar war. Er hatte Angst.

Sie setzte sich neben ihn und hielt seine Hand ganz fest

in ihrer und schaute ihm direkt in die Augen. „Bruno, du brauchst keine Angst zu haben. Du bist hier sicher. Und ich verspreche dir, ich werde mit keinem Menschen über dieses Gespräch heute reden. Es geht niemanden etwas an. Versuche doch bitte, dein neues Leben anzunehmen und ein wenig zu genießen."

Er nickte dankbar, aber er hatte ein ungutes Gefühl. Bruno hatte Anne heute Abend schon so einiges erzählt. Aber eine Sache durfte er auf keinen Fall preisgeben – seinen wahren Namen. Das Risiko war dann doch zu groß. Vielleicht sollte er jetzt einfach aufstehen und gehen. Er blickte in Annes Augen und entschied sich zu bleiben. Nein, er wollte bei ihr sein. Er war schon viel zu lange allein. Aber durfte er diesem lieben Menschen so etwas zumuten? Und was hatte er ihr schon zu bieten?

Sie saßen noch eine Weile still und händchenhaltend da. Dann stand Anne auf und machte einen Tee. Tee mit zwei Zuckerstücken für Bruno. Das würde ihn beruhigen. Gegen Mitternacht machten sich die beiden auf den Weg in die kleine Kapelle. Sie gingen Hand in Hand.

Am nächsten Morgen erwachte Anne davon, dass Shelly ihr das Gesicht ableckte. Als sie die Augen öffnete, lief der Hund ganz aufgeregt zur Tür und bellte lautstark. Anne schaute auf den Wecker. Es war schon elf Uhr. Erschrocken sprang sie aus dem Bett und ließ den Hund in den Garten. Shelly hockte sich in eine Ecke und machte Pipi. Dann kam sie im Dauerlauf zurückgerannt.

Anne ging in die Küche und machte sich einen Kaffee. Die Reste des Geschirrs standen noch auf dem Tisch und auf der Spüle. Während das Wasser kochte, räumte sie schnell alles zur Seite. Dann sah sie es. Auf der kleinen Vitrine lag eingepackt noch Brunos Geschenk. Sie hatte es völlig vergessen.

Sie ließ den gestrigen Abend noch einmal Revue passieren. Was für eine dramatische Geschichte. Sie konnte es kaum glauben. Im Laufe des Abends hatte er sich wieder etwas beruhigt. Dann waren sie zusammen zum Gottesdienst gegangen. Die kleine Kirche war gut besucht gewesen. Sie hatte nur ein paar bekannte Gesichter gesehen. Die meisten waren wohl zu Besuch bei Verwandten hier in Rieu oder Villefranche. Am Ende schlichen sich die beiden etwas vorzeitig aus der Kirche. So brauchten sie nicht die Hand des Pfarrers zu schütteln und eventuell irgendwelche Fragen zu beantworten. Zurück an der Schule wollte Bruno sich gleich verabschieden. Anne hielt ihn zurück: „Bruno, hast du Lust, morgen Mittag mit mir zu Adam und Eve zu fahren? Ich bin dort zum Essen eingeladen und du darfst gerne mitkommen."

Er sah sie überrascht an. Dann lächelte er und nickte. Annes Herz machte einen Hüpfer. „Ich fahre um zwölf Uhr dreißig hier los. Und sei pünktlich. Und falls du nicht da sein solltest, hole ich dich persönlich aus dem Bett." Sie umarmte ihn lachend. Dann ging er los. Sie schaute ihm hinterher. Nach ein paar Metern drehte er sich noch einmal um und rief ihr ein „Danke" zu. Dann ging er gemächlich – ein Weihnachtslied pfeifend – die Straße hinauf.

Als sie zur vereinbarten Zeit aus dem Haus kam, stand er bereits an ihrem Wagen und wartete. Er lächelte. Sie ging auf ihn zu und begrüßte ihn herzlich. Er erwiderte ihre

Umarmung. Dann begrüßte er Shelly, die voller Freude an ihm hochsprang und laut jaulte.

Bei schönstem Sonnenschein fuhren sie los. Bruno schaute interessiert aus dem Fenster. Sie fuhren durch das lange Tal bis nach Maury und bogen dann auf die steile Straße nach Montesquieu ab. Als sie bei Eve auf den Hof fuhren, kam ihnen eine kleine Hundemeute entgegen. Zwei von Cocas Kindern waren noch bei ihr. Die anderen waren bereits an neue Besitzer gegangen. Kaum war die erste Wagentür geöffnet, purzelte Shelly aus dem Auto und rannte auf die Meute los. Sie wurde freudig begrüßt und zusammen rannten alle in den hinteren Garten.

„Na das ist ja eine Wiedersehensfreude." Eve schaute den Hunden nach. Dann begrüßte sie Anne und Bruno aufs Herzlichste.

Adam stand schon in der Tür mit einem Tablett und Gläsern darauf. „Happy Christmas, ihr Lieben. Kommt, wir trinken erst einmal etwas hier draußen im Garten. Solange das Wetter noch so gut ist, sollte man es genießen. Sie gingen auf die Terrasse, wo bereits die beiden Töchter saßen. Sie hatten Berge von Geschenkpapier aufgehäuft und waren damit beschäftigt, ihre Weihnachtsgeschenke auszuprobieren. Wie es bei Teenagern so üblich war, wurde laut gestritten und ab und zu mal hysterisch gekichert. Die Erwachsenen schenkten dem kaum Beachtung.

Zum Essen lud Eve alle ins Haus. Als sie von der Terrasse aus das Wohn- und Esszimmer betraten, verschlug es den Besuchern die Sprache. So etwas hatten sie noch nie gesehen. Die gesamte Decke war von Girlanden bedeckt. Sie hingen kreuz und quer und waren kunterbunt. Dazwischen hingen gigantische gold- und silberfarbige Sterne und Glocken. Das hölzerne Treppengeländer war mit einer grünen Tannengirlande und riesigen roten Schleifen geschmückt. Und in einer Ecke stand ein großer Plastiktannenbaum mit einer bunt blinkenden Lichterkette. Alle Schränke, der Esstisch und sogar die Stühle waren weihnachtlich geschmückt. Den Besuchern blieb der Mund offen stehen.

Eve stand jetzt neben Adam, der den Arm um seine Frau legte. „Willkommen im Weihnachtshorrorhaus! Das ist das Werk meiner lieben Frau. Ich habe nichts damit zu tun. Ich schwöre!"

Eve schaute ihn schräg von der Seite an. Es war ein leicht beleidigter Blick. „Adam, du weißt, das ist mein ganzer Stolz. Ich brauche das zu Weihnachten. Wir haben das in England auch immer so gemacht. Weihnachten ohne meine Dekorationen ist kein Weihnachten. Und die Mädchen wollen es auch so. Das ist ein Stück Heimat." Dann lachte sie aber doch und lud alle ein, Platz zu nehmen. À table! Lasst uns essen." Das Festmahl begann.

Drei Stunden und sechs Gänge später saßen die vier wieder auf der Terrasse und tranken ihren Kaffee. Adam kam mit einer Flasche aus dem Haus. „Kann ich noch jemanden für einen Calvados begeistern?" Alle hoben die Hand.

Coca kam mit ihren Kindern aus dem Garten gerannt. Die kleinen Hunde wuselten um Bruno herum, der sich über so viel Aufmerksamkeit zu freuen schien. Eve beobachtete ihn aufmerksam. „Hey, Bruno, wie wäre es mit einem Hund? Wir haben noch zwei kleine Rüden, die ein neues Zuhause suchen."

Bruno schaute sie verwirrt an. „Ich weiß nicht. Zwei

wären etwas viel. Aber einen? Ich kann ja mal darüber nachdenken. Muss ich mich gleich entscheiden?"

Adam winkte ab. Aber Eve schrie begeistert auf. „Wirklich? Oh Bruno! Ich schenke ihn dir zu Weihnachten. Such dir einen aus. Ich habe auch schon ein Halsband und eine Leine für beide gekauft, und Hundefutter für zwei Tage kannst du auch haben."

Anne schaute zu Bruno. Der hob beide Arme, als wenn er sich ergeben wollte. „Okay, okay! Du hast mich überredet."

Adam war überrascht. „Du willst dir das wirklich antun?"

Bruno hob entschlossen das Kinn. „Yep, ich nehme den kleinen Braunen. Er erinnert mich an den Hund, den ich als Kind hatte."

Eve freute sich. „Und wie hieß er?"

Bruno antwortete, ohne zu überlegen. „Rover."

Eve war irritiert. „Komisch, ist das ein polnischer Hundename?"

Bruno schaute zu Anne. Sie sah, wie sich sein Blick veränderte. Er hatte plötzlich wieder so einen gehetzten Ausdruck. Dann antwortete er aber ganz ruhig. „Ja, das ist Polnisch."

Eve bemerkte nichts. Sie fand das lustig. Schon im nächsten Moment wechselte sie das Thema. „Hat jemand Lust auf eine Partie Monopoly?"

Kapitel 18

Am zweiten Weihnachtstag verabredeten sich Anne und Bruno für ihren ersten gemeinsamen Hundespaziergang. Sie nahmen den Weg an der Arize entlang. Die Hunde rannten immer vor ihnen her und tobten wild durcheinander. Anne war erstaunt, wie viel Treibholz hier noch vom letzten Hochwasser herumlag. Und es waren ein paar richtig schöne Stücke dabei. Sie hob einen kurzen dicken Ast auf. „Bruno, schau mal. Das sieht doch aus wie ein Vogelkopf."

Er hatte auch ein Stück in die Hand genommen. „Und schau mal hier. Eine Frauenfigur, es fehlt nur der Kopf."

Beide waren fasziniert. Bald hatten sie einen ganzen Arm voll gesammelt. Anne hatte sofort ein paar kreative Ideen in ihrem Kopf entwickelt. „Ich könnte ein paar farbige Glasstücke dazugeben und schon wäre es eine schöne Skulptur."

Bruno stimmte ihr zu. „Die kannst du sicher an die Touristen verkaufen."

Sie liefen hin und her und sammelten fleißig weiter. Bruno verlor bereits einige Stücke wieder. „Ich glaube, es wäre eine gute Idee, unsere Ausbeute erst einmal nach Hause zu bringen, bevor wir weiterlaufen", schlug er vor.

Anne strahlte ihn glücklich an. Sie konnte kein weiteres Holz mehr tragen, auch ihre Arme waren voll. Sie rief nach den Hunden. Shelly und Rover standen mit den Vorderpfoten im seichten Wasser des Flusses und tranken. Sie hoben sofort den Kopf und kamen angerannt.

Bruno war beeindruckt. „Die sind aber gut erzogen worden. Gehorchen aufs Wort."

Anne stimmte ihm zu. „Darum habe ich Shelly auch ein wenig länger bei Adam und Eve gelassen. Adam hatte genug Zeit, ihnen ein paar Kommandos beizubringen. Und den Rest werden wir zwei auch alleine schaffen. Schließlich haben wir beide Hundeerfahrung, oder?"

Als sie zurück zur Schule kamen, sah Anne zwei bekannte Autos neben dem Haus stehen. Vor der verschlossenen Eingangstür standen Jean-Jacques Villon mit Suzanne sowie François und Odile. Sie waren mitten in einem gut gelaunten Gespräch, als Anne den Schulhof betrat. Dann folgten die Hunde und Bruno. Anne und Bruno luden ihre Holzfunde auf dem Schulhof ab. Anne begrüßte ihre Besucher und stellte ihnen Bruno als neuen Nachbarn vor. Bruno stand unsicher daneben, aber Suzanne und das alte Paar verabreichten dem überraschten Bruno ein paar richtige Schmatzer.

Als er Villon die Hand reichte, zwinkerte ihm der Franzose zu und grinste. „Bon, ich sehe, Sie haben sich bereits eingelebt. Sehr gut. Und wem gehören die Hunde?"

„Uns", kam es von beiden gleichzeitig. Villon hob die Augenbrauen. Er hatte voller Erstaunen bemerkt, dass sie ‚uns' gesagt hatten. Das war ja eine interessante Entwicklung. Was bedeutete das? Musste er sich jetzt Sorgen machen? Ach was! Zum Teufel mit den Amerikanern. Er räusperte sich. „Wie ich sehe, hatten wir vier alle die gleiche Idee. Wir wollten ein Bonne Noël wünschen." Er überreichte Anne eine Flasche Cognac mit einer roten Schleife. Suzanne gab ihr eine bunte Tüte mit Ziegenmilchseife und zwei Gästehandtüchern. François und Odile hatten einen großen Korb voller leckerer selbstgemachter Spezialitäten mitgebracht.

Anne war überwältigt. „Bitte, kommt doch alle herein. Was wollt ihr trinken? Tee, Kaffee, einen Wein oder soll ich uns einen richtigen deutschen Glühwein machen?" Die Antwort war eindeutig: Glühwein. Sie bat die Gäste ins Wohnzimmer und verschwand in der Küche, um den Punsch zu erhitzen. Wo war denn das Paket mit den Lebkuchen und Spekulatius?

Irgendwann am frühen Nachmittag waren alle Gäste gegangen. Endlich fand Anne Gelegenheit, Bruno sein Weihnachtsgeschenk zu überreichen. Voller Spannung packte er es aus. Dann hielt er das Marienbild in der Hand. „Oh Anne, das ist wirklich schön. Ich werde es an mein Fenster hängen, direkt über meinen Arbeitsplatz."

„Na dann, möge es dir Trost und Stärke geben und viel Inspiration für deine kreative Arbeit." Anne lächelte.

„Und ich habe gar nichts für dich." Er hörte sich traurig an.

„Ach nein? Da bin ich mir gar nicht so sicher ..." Sie stand jetzt dicht vor ihm und schaute in seine grauen Augen. „Darf ich mir etwas wünschen?"

Er nickte.

Sie legte ihre Arme um seinen Hals. „Dann küss mich endlich."

Bruno saß am Fenster und schrieb. Für die fertige Geschichte hatte er drei Tage gebraucht. Jetzt kam nur noch der Brief an Harrys Bruder. Dann konnte er das erste Manuskript abschicken. Er war zufrieden. Nein, zufrieden war nicht ausreichend. Er war glücklich. Er schloss die Augen und dachte an Anne. Wie sich sein Leben doch innerhalb weniger Tag so verändern konnte. Er hatte das Gefühl, in einer Achterbahn zu sitzen. In New York war er so plötzlich und unerwartet abgestürzt, hatte alles verloren. Und nun ging es so rasant bergauf, dass ihm schwindelig wurde. Er dachte an diesen ersten Kuss. Ein nicht enden wollender Kuss. Und daran, wie Anne ihn irgendwann an die Hand genommen und in ihr Schlafzimmer geführt hatte. Sie hatten sich geliebt wie zwei ausgehungerte Seelen. Hinterher lag er da. Anne schlief in seinem Arm. Er hätte sterben mögen in diesem Moment. Er wollte für immer so liegen bleiben. Anne ...

In der alten Schule herrschte geschäftiges Treiben. Eve hatte Mühe, die vielen Besucher mit Tee und Gebäck zu versorgen. Der Kuchen war schon am frühen Nachmittag ausverkauft gewesen. So stand Anne oben in der Küche und backte. Adam führte gerade eine kleine Familiengruppe aus St. Girons durch die Ausstellung und erklärte die Arbeiten von Estelle und Luc. Beide Künstler hatten am Morgen Ersatz für die bereits verkauften Ausstellungsstücke gebracht. Keiner von beiden hatte einen solchen Erfolg erwartet. Sie bedankten sich herzlich bei den dreien.

Das Telefon klingelte ununterbrochen. Viele der Anrufer wollten wissen, wann die Galerie zwischen den Feiertagen geöffnet habe und wie man nach Rieu käme.

Anne hatte gerade die Teigreste von den Fingern gestrichen, als das Telefon erneut klingelte. Sie nahm ab und meldete sich. „Hallo, Anne, ein verspätetes Bonne Noël! Wir sind nicht eher dazu gekommen, mal anzurufen. Wir waren über Weihnachten in Deutschland. Haben meine

Mutter nach Bad Zwischenahn zurückverfrachtet. Wie geht es dir im fernen Ariège?"

Anne war freudig überrascht. Sie hatte seit Wochen nicht mehr mit Jan und Nele Severing gesprochen. Sie schämte sich ein wenig. Sie hatte die alten Freunde in den letzten Wochen total vergessen. „Ach, Nele, mir geht es gut. Sehr gut sogar. Ich habe so viel zu tun. Die Galerie ist ein richtiger Erfolg. Die erste Ausstellung ist fast ausverkauft. Wir mussten noch Exponate nachordern. Unten sitzt die Teestube voll und wir haben keinen Kuchen mehr. Ich bin gerade oben und backe noch schnell ein Blech mit Blitzkuchen."

„Dann habe ich wohl den falschen Moment gewählt, oder? Ich will es kurz machen. Jan und ich haben vor, Silvester in Carcassonne zu verbringen. Wir haben dort mit Freunden eine große Ferienwohnung gemietet. Und wir haben Karten für ein Flamencokonzert gekauft. Leider haben die beiden abgesagt, sie kommen nicht mit. Daher meine Frage: Hast du schon etwas vor? Kommst du mit nach Carcassonne? Wir könnten uns dort treffen und mal wieder richtig quatschen."

Anne überlegte kurz. „Nele, ich würde ja gerne kommen, aber ich bin nicht mehr allein."

„Wie? Du bist nicht mehr allein?" Nele wurde ganz aufgeregt.

Anne lachte. „Ich habe seit Weihnachten einen Hund und eine neue Liebe, auch mit Hund."

Nele pfiff durch die Zähne. „Man beachte die Reihenfolge." Nach einer kurzen Pause fügte sie noch hinzu: „Dann bring ihn mit und die Wauwaus auch. Du weißt, wir lieben Hunde. Und die Bude ist groß genug für uns alle. Was sagst du?"

Eve kam herein und suchte nach weiteren Keksen. Anne drückte ihr wortlos eine Packung in die Hand. „Nele, ich denke darüber nach und bespreche mich mit ihm. Ich ruf dich wieder an."

Eve schaute sie fragend an. Anne legte auf und erzählte kurz von der Einladung.

„Dann fahrt doch bitte hin. Wir schmeißen den Laden hier inzwischen, und die Hunde kannst du auch bei uns lassen. Das ist doch selbstverständlich." Sie umarmten sich schnell und dann ging der Wahnsinn des Tages weiter.

KAPITEL 19

Es dämmerte schon, als Bruno sie zum allabendlichen Hundespaziergang abholte. Adam und Eve räumten gerade die letzten Tische ab und löschten dann das Licht. Anne verabschiedete sich schnell und dankte den beiden für ihren Einsatz. „Heute haben wir aber eine Schlacht geschlagen. Ich glaube, wir werden im Januar mal ein paar Tage Urlaub machen und alles hier schließen. In so einem Tempo können wir nicht das ganze Jahr arbeiten."

Adam und Eve hielten das auch für eine gute Idee. Adam nickte und sagte: „Warte mal ab. Im Januar kommt der Frost. Letztes Jahr gab es dazu noch Sturm und Regen. Und im Februar hatten wir so viel Schnee, dass wir aus Montesquieu nicht rauskamen. Dann können wir immer noch Pause machen." Er verabschiedete sich lachend und schob Eve aus der Tür.

Anne nahm ihre dicke Winterjacke und die Hundeleine. Dann gingen sie und Bruno mit den Hunden runter zum Fluss. Shelly und Rover liefen begeistert voraus. Bruno berichtete vom ersten Buch, das er seit seiner Ankunft hier in Frankreich fertiggestellt und heute abgeschickt hatte.

„Was sind das für Geschichten, die du schreibst?", fragte Anne neugierig.

„Es ist nichts Weltbewegendes, so eine Art Groschenromane. Ein wenig Spannung, viel Herz und Schmerz. Sie spielen alle an der Ostküste. Meine Protagonisten sind alle unglaublich schön und unglaublich reich. Also keine große Literatur. Obwohl, ich habe da schon so eine Idee für einen längeren Roman im Kopf."

Sie gingen weiter. Endlich fasste sich Anne ein Herz. „Bruno, ich habe eine Einladung von meinen deutschen Freunden aus dem Aude bekommen. Sie wollen Silvester in Carcassonne verbringen. Das ist eine Stadt aus dem Mittelalter, sehr hübsch, einfach sehenswert. Du bist auch herzlich eingeladen. Hättest du Lust mitzukommen?"

Er überlegte. „Ich spreche kein Deutsch. Und du willst dich doch mit denen unterhalten, da störe ich nur. Lass mal gut sein. Fahr ruhig alleine hin."

Anne war enttäuscht. „Du kannst doch trotzdem mitkommen. Ich möchte nicht ohne dich fahren. Und nicht das neue Jahr ohne dich an meiner Seite beginnen. Jan und Nele sprechen übrigens beide perfekt Englisch."

Er schwieg. Nach der ersten Flussbiegung kehrten sie um. Bruno schwieg noch immer. Anne nahm seinen Arm. „Was ist los?"

Es dauerte einen Augenblick, bevor er ihr antwortete: „Letztes Jahr zu Silvester war ich mit meinem Verleger um Mitternacht am Times Square. Er hat dort in der Nähe sein Büro. Vorher waren wir noch bei einem kleinen Italiener essen. Und um Mitternacht standen wir zusammen mit Zigtausenden von feiernden Menschen auf dem Platz und warteten auf das neue Jahr, tranken Sekt und sahen das tolle Feuerwerk. Es war beeindruckend." Er seufzte. „Der alte Knabe fehlt mir sehr. New York fehlt mir. Der kleine jüdische Deli mit den leckeren Bagels fehlt mir. Mein altes Leben fehlt mir. Meine Identität fehlt mir. Mein alter Name fehlt mir. Werde ich ihn je wieder hören? Bruno. Bruno Krzwinski. Wer ist das überhaupt? Was ist das für ein bescheuerter Name?"

Anne erschrak. „Sag bloß, du heißt gar nicht Bruno?" Er schwieg. Sie bohrte nach. Sie wollte es wissen. „Wie heißt du wirklich?"

Sie blieben stehen. Er flüsterte fast. „Ich heiße in Wirklichkeit Ray Johnson. Aber du darfst diesen Namen vor anderen nie benutzen. Es ist sicherer so für uns alle."

Sie stellte sich auf ihre Zehenspitzen, küsste ihn kurz und flüsterte zurück: „Kapiert! Trotzdem: Hallo, Ray Johnson, nett, dich kennenzulernen."

Er lachte leise.

Sie umarmte ihn ganz fest. „Wenn dieser Bruno nichts dagegen hat, können wir uns ja ab und zu mal heimlich treffen und in irgendeinem drittklassigen Hotel ein unanständiges Wochenende verbringen. Du weißt schon: Sex, Drugs and Rock 'n' Roll." Sie kicherte.

Bruno antwortet sofort. „Das kannst du auch gleich haben. Ray ist gerade hier."

Lachend rannte sie los, er hinterher. Die Hunde schauten überrascht hoch und folgten ihnen mit fliegenden Pfoten.

Noch am gleichen Abend sagte Anne den Freunden ab.

Der letzte Tag des Jahres war gekommen. Die Galerie war noch bis Mittag geöffnet. Eve hatte mehrfach versucht, Anne und Bruno für den Abend einzuladen. Ohne Erfolg. Sie war deshalb leicht beleidigt, doch Adam hatte volles Verständnis. „Hör auf, sie so unter Druck zu setzen. Sie ist verliebt. Die beiden wollen einfach mal allein sein."

Als sie sich verabschiedeten, wünschten sie sich alle ein Bonne Année.

Anne überlegte – sie musste noch schnell zum Supermarkt und ein paar Dinge einkaufen. Bruno hatte versprochen, eine Pizza zu backen. Dafür brauchte er noch etliche Zutaten. Anne nahm seine Liste und fuhr schnell los.

Der kleine Supermarkt in Villefranche war noch voller Kunden. Schnell suchte sie die fehlenden Sachen zusammen, dazu eine Flasche Sekt und eine Flasche Rotwein. Dann entdeckte sie die letzte Packung einer Mousse au Chocolat und legte sie ebenfalls in den Einkaufswagen. An der Supermarktkasse stand eine Schlange vor ihr. Sie wurde äußerst freundlich mit Namen gegrüßt und ging mit vielen guten Wünschen für das neue Jahr zum Auto zurück.

Gerade als sie den Motor anließ, klopfte es an die Scheibe. Es war Jean-Jacques. Sie kurbelte die Scheibe herunter.

„Meine liebe Anne, ich habe noch etwas für Sie." Er reichte ihr einen gebundenen Blumenstrauß. „Alles Gute zum neuen Jahr und weiterhin viel Erfolg. Und liebe Grüße an Bruno. Wir werden uns ja heute Abend leider nicht sehen."

Anne zog die Brauen hoch. Hatte sie etwas vergessen?

Er sah ihren verwirrten Blick. „Ich wurde von Adam und Äff eingeladen. Ein wirklich charmantes Paar. Und beide so tüchtig. Na ja, alles Gute dann." Damit verschwand er. Anne wunderte sich über gar nichts mehr.

Bruno setzte sich erschöpft an den kleinen Tisch vor seinem Fenster und schaute hinaus. Er war völlig fertig. Seit seinem Einzug vor ein paar Monaten hatte er das kleine Haus nicht mehr so sauber und aufgeräumt gesehen. Immerhin sollte Anne sich wohlfühlen. Er hatte sogar das kleine Bad geschrubbt und die Fenster geputzt. Jetzt brauchte er nur noch den alten Kanonenofen anzumachen.

Er stand wieder auf und ging mit dem alten Korb Holz holen. Falls es wirklich noch kalt werden sollte, würde er mehr Holz brauchen. Wo bekam er das nur her? Dann hatte er eine Idee. Es lag praktisch vor seiner Nase. Er blickte den Berghang hinunter zum Fluss.

Anne kam gerade vom Einkauf zurück und wunderte sich darüber, dass Bruno mit Rover die Straße herablief und auf sie zukam. „Hallo, junger Mann, wohin des Weges?"

Er lachte sie an. „Holz räubern."

Sie hob die Augenbrauen. „Aber nicht bei mir, du Gauner." Sie lachte zurück.

„Ich will zum Fluss runter und ein wenig Treibholz sammeln. Es müsste trocken genug sein."

Anne schloss die Tür auf und stellte ihre Tüten in den Flur. Shelly sprang aus dem Haus und begrüßte die drei mit einem lauten Gejaule. „Warte, ich hole zwei von den großen blauen Taschen, dann helfe ich dir sammeln", rief sie.

Eine Stunde später bahnten sie sich mit schweren Taschen den schmalen Weg zu Brunos Haus hoch. Der ausgetretene Trampelpfad war rutschig geworden, so dass beide mehrmals fast hinfielen. Das gesammelte Holz war zum Glück knochentrocken. Sie hatten es bereits am Fluss in kurze Stücke gebrochen, so passte mehr in die Taschen.

Bruno stapelte einen Haufen in der Ecke der Terrasse auf. „Hast du meinen tollen Außenbackofen schon gesehen? Den habe ich schon ein paarmal benutzt. Er funktioniert richtig gut. Darin werde ich uns heute Abend eine echt amerikanische Pizza backen."

„Na, dann werde ich gleich mal die Supermarkttüten holen." Anne drehte sich um und lief wieder los, dicht gefolgt von Shelly.

Er grinste und rief ihr hinterher: „Ach, Anne, ... vergiss deine Zahnbürste nicht."

Sie hatten den ganzen Abend mit Essen und Reden verbracht. Das kleine Haus war wohlig warm. Irgendwann hatten sie sich beide auf das schmale Bett gelegt. „Wenn ich öfters hier sein soll, musst du dir ein breiteres Bett anschaffen." Anne schmiegte sich in Brunos Arme.

Er drückte sie fest an sich. „Darum werde ich wohl nicht herumkommen. Aber so ist es ja auch gemütlich, oder?"

„Gemütlich – ja, bequem – nein." Ihr tat jetzt schon der Rücken weh. Plötzlich sprang sie auf.

Bruno schaute sie erstaunt an. „Was ist los?"

Anne griff nach ihrer Armbanduhr, die sie auf dem kleinen Tischchen neben dem Bett abgelegt hatte. Sie lief zu den fast leeren Einkaufstüten und holte etwas hervor. „Schau mal, was ich dir mitgebracht habe. Ein Transistorradio. Es ist ein Weltempfänger mit Langwelle. Damit kannst du ab und zu mal Radio hören. Und mit ein wenig Glück findest du auch einen englischsprachigen Sender." Sie stellte das Radio an und fand einen französischen Sender mit klassischer Musik. Sie spielten Berlioz. Am Ende kam der Sprecher. Es war kurz vor Mitternacht. Schnell stand Bruno auf und öffnete die Flasche Sekt. Sie nahmen ihre Gläser in die Hand. Der Countdown lief und dann kam der Jubel. Das neue Jahr war da. Sie prosteten sich zu und küssten sich lange. „A happy new year, liebste Anne. Danke, dass du in mein Leben getreten bist. Du bist das Beste, was mir seit Langem passiert ist." Er küsste sie wieder.

Anne war überwältigt und hatte Tränen in den Augen. „Und ich danke dir, dass du in mein Leben gekommen bist.

Du bist ein wundervoller Mann. Ich wünsche dir, ... uns ... ein glückliches neues Jahr." Dann nahmen sie ihre Gläser und traten vor die Haustür. Die Welt um sie herum war in Dunkelheit gehüllt. Nur ganz weit unten an der Schule erleuchtete eine einsame Straßenlaterne die Kreuzung. Es gab nicht den leisesten Funken eines Feuerwerks. Anne schüttelte den Kopf. „Kein Feuerwerk? Na so was! Jetzt wäre ich gerne in Deutschland. Da wird jetzt geballert, was das Zeug hält."

„Ja, in den Staaten auch, aber nur in den größeren Orten. Privat darf man das nicht."

Sie standen eng nebeneinander und schauten in den sternenklaren Himmel. Beide waren ganz in Gedanken versunken. Und dann sahen sie es beide gleichzeitig: Eine helle Sternschnuppe bahnte sich den Weg über das Firmament. Sie schauten sich still an. Bruno sprach als Erster. „Wow! Na, da hat wohl jemand Mitleid mit uns beiden gehabt und noch eine Rakete umgeleitet."

Anne lachte laut auf. „Also, Ray Johnson, über echte Romantik musst du noch viel lernen." Damit packte sie ihn am Arm und zog ihn lachend und unter seinem lauten Protest ins Haus zurück.

Kapitel 20

Der Wintereinbruch kam über Nacht. Es war Mitte Januar. Am Vorabend hatte sie François und Odette besucht. „Ich habe es in den Knochen, glaube mir. Es gibt Schnee. Ich kann es fühlen." François strich über die Gelenke seiner linken Hand.

Odette murmelte vor sich hin und stand auf. „Das sagt er immer. Dabei hat er gerade vorhin den Wetterbericht im Fernsehen angeschaut. Die haben Schnee vorausgesagt. Alter Spinner!" Sie holte eine Flasche heraus und drei Gläser. „Wir trinken jetzt erst einmal einen Eau de Vie. Das wird uns wärmen."

Anne schaute auf die Schnapsflasche. „Habt ihr den etwa selber gebrannt?"

François nickte. Er nahm einen Schluck und schloss die Augen. „Es geht doch nichts über Selbstgebrannten."

Anne probierte vorsichtig die klare Flüssigkeit. Sie brannte wie Feuer, hatte aber einen fruchtigen Nachgeschmack. „Woraus ist er gebrannt?"

„Aus Birnen und Äpfeln." Jetzt konnte François erzählen. Und er erzählte gerne. „Wir haben so eine uralte Tradition hier in den Pyrenäen. Jeder Bauer und Besitzer von Obstbäumen darf eine gewisse Menge an Schnaps für den Eigenverbrauch brennen. Nur verkaufen darf man ihn nicht. Das wird strengstens kontrolliert. Da sind die Gendarmen auf Zack. Also, jeden Herbst kommt die mobile Destille hier ins Dorf. Sie gehört dem alten Henry aus Castelnau. Er stellt sich für ein paar Tage an einen speziellen Platz gleich hinter Villefranche. Dort, direkt an der Straße, befindet sich eine Wasserquelle. Und diese Quelle ist das Geheimnis unseres Schnapses. Es ist eine echte Heilquelle."

Anne zog die Augenbrauen hoch. François sah es und fuhr fort. „Ja, Anne, das Wasser hat schon viele Menschen hier geheilt. Wir Einheimischen wissen das. Aber sag es bitte nicht weiter. Ja, und dann kommt Henry und wir bringen unser Obst und er macht den Schnaps daraus. Und während die Destille arbeitet, bleiben wir bei ihm und überwachen alles. Dann sitzen wir mit ihm zusammen und essen und trinken und erzählen – wie in alten Zeiten. Und am Ende kommen wir mit fünf bis zehn Litern nach Hause und der Nächste setzt sich zu ihm. Das geht Tag und Nacht so." Er stand auf und kramte in der obersten Schublade einer alten Kommode. Dann hatte er gefunden, wonach er gesucht hatte. Es war ein altes vergilbtes Foto. Darauf stand eine Art Dampfmaschine mit qualmendem Schornstein, daneben saßen ein paar alte Männer mit Bärten und Baskenmützen auf dem Kopf. Neben der Maschine stand ein junger fescher Mann. Es war Henry.

Anne nahm das Foto und drehte es um. Auf der Rückseite stand in schwungvoller Schrift mit Bleistift geschrieben: Villefranche, 1947. „Meine Güte, wie alt ist er denn jetzt?" Anne erinnerte sich plötzlich daran, dass sie den komischen Wagen mit der Destille schon einmal gesehen hatte. Es war am Tag ihrer Ankunft aus Deutschland gewesen. Sie war dem Möbelwagen gefolgt und sah plötzlich so ein komisch rauchendes Ding auf Rädern in einer Parkbucht stehen. Sie hatte das völlig vergessen.

Odile antwortete für ihren Mann: „Er ist fast neunzig. Und fit wie ein Turnschuh. Aber wenn er stirbt, hat diese Tradition wohl ein Ende. Schade drum."

François hatte bereits nachgeschenkt und hob sein Glas erneut. „Auf die Gesundheit. Auf Henry. Möge er uns noch lange erhalten bleiben." Er kippte den Schnaps herunter und schüttelte sich wohlig.

Der Schnee blieb ein paar Tage liegen. Ab und zu fuhren mal ein paar Autos vorbei, ansonsten hüllte sich das Tal in ein wattig-weißes Schweigen. Anne verbrachte viel Zeit allein auf ihrem kleinen Sofa vor dem Kamin. Sie hatte endlich mal Zeit zum Lesen. Bruno war tagsüber in seinem Haus und schrieb. Und das Schreiben ging ihm erstaunlich gut von der Hand. Zwei weitere kleine Bücher waren Richtung Schweiz unterwegs. Er hatte Annes Namen und eine Postfachadresse in St. Girons als Absender angegeben. Sie hatten lange überlegt, wie sie alles regeln könnten. Auch hatte Anne für ihn ein Postbankkonto eröffnet. Es lief auf ihren Namen. Bruno hatte bereits den ersten Scheck erhalten und diesen in einer Filiale in Toulouse eingezahlt. Er war so stolz, wieder eigenes Geld zu verdienen. Und Harry hatte sich mehr als großzügig gezeigt.

Die Galerie blieb bis kurz vor Ostern geschlossen. Adam und Eve waren inzwischen in England auf Verwandtenbesuch. So ging der Winter dahin. Während der Woche verbrachten Anne und Bruno die Abende in der Schule, am Wochenende blieben sie in Brunos Haus auf dem Berg. Dort gab es inzwischen sogar ein breiteres Bett. Jeder hatte seinen Freiraum und so genossen sie die gemeinsame Zeit voller Vorfreude.

Bruno liebte die Stunden an seiner Schreibmaschine. Aber er sehnte sich nach einem Computer. Der würde die Arbeit erleichtern. So fuhren Anne und er eines Tages nach

Toulouse. Sie kauften das neueste Modell mit einem großen Bildschirm und dazu einen Drucker. Dann sah Anne sich in der Fernsehabteilung um. Bruno war überrascht, als sie einen mittelgroßen Fernseher kaufte und dazu einen Receiver und eine Satellitenschüssel. „So können wir abends mal Filme schauen und du kannst sogar auf einigen Sendern amerikanische Nachrichten sehen", sagte sie.

Bruno war sich nicht sicher, ob er das gut fand. Aber Anne war so euphorisch, dass er nichts sagte. So fuhren sie vollbepackt wieder ins Ariège zurück.

Der Frühling kam spät im Jahr. Wie so oft brachte der April heftigen Sturm und Regen mit sich. Die Arize verließ wieder ihr Bett und breitete sich aus. Aber bis zur Schule kam sie nicht. Doch das Haus der Niederländer an der Straße nach Maury versank zum zweiten Mal innerhalb eines Jahres in den Fluten. Die Familie gab auf und kehrte in ihre alte Heimat zurück. Nun stand es leer.

Auf dem Weg nach St. Girons fuhren Anne und Bruno oft an dem Haus vorbei. Dieses Mal hielten sie an. Anne hatte zwischen dem Sperrmüll ein altes Fahrrad entdeckt. Voller Freude stellte sie fest, dass es ein altes Hollandrad mit einem Weidenkorb war, und es war voll funktionstüchtig. So nahm sie es mit. Im Baumarkt kaufte sie drei kleine Spraydosen mit Farbe – Grün, Pink und Gelb. Zu Hause angekommen, wurde das Fahrrad bunt gesprüht. Bruno hob die Augenbrauen, als er das fertige Werk sah. „Wow, das ist ja ein richtiges Künstlerfahrrad. Aber irgendwie fehlt da noch etwas." Er lief in die Werkstatt und suchte sich einen Permanentmarker in Schwarz heraus. Dann begann er kleine Figuren und feine Muster auf die

Farbflächen zu zeichnen und schließlich ein paar Buchstaben.

Anne war entzückt. „Du hast ja künstlerische Ambitionen. Das sieht sehr hübsch aus."

Bruno lachte. „Hast du gelesen, was ich geschrieben habe?"

Anne verneinte. Sie schaute näher hin und las: This bike belongs to Anne Burmester, Ancient Ecole Rieu. So don't dare to steal it, otherwise … Anne fand das lustig. Sie war als Eigentümerin verewigt und falls das Rad gestohlen würde, gab es eine offene Androhung. So ein verrückter Kerl! Sie umarmte Bruno „Weißt du was? Ich weihe das Rad gleich ein und fahre nach Villefranche zum Einkaufen. Wir haben keine Milch und Butter mehr und Klopapier brauchen wir auch. Sie rannte ins Haus und kam nach einem Augenblick mit einem Stoffbeutel und einer Geldbörse zurück, die sie hinten in den Korb warf. Dann radelte sie los. Bruno blickte ihr hinterher. Was für eine außergewöhnliche Erscheinung sie war mit ihrem geblümten Rock und den wehenden blonden Haaren auf diesem bunten Fahrrad. Er lächelte.

Anne radelte voller Elan. Die erste Strecke war noch ebenerdig. Dann kam die große Kurve, vorbei am großen Touristenparkplatz weit vor der Höhle, dann vorbei am kleinen Häuschen des Tourismusbüros. Danach ging es leicht bergab ins Dunkle der Höhle hinein. Und schon rollte das Rad schneller. Sie brauchte nicht mehr zu treten. Anne fühlte die ansteigende Geschwindigkeit und die Kühle der Höhle auf ihrer Haut. Sie hörte das Rauschen der Arize neben sich, welches jedes Autogeräusch sofort übertönte. Sie war noch geblendet vom Sonnenlicht, die Dunkelheit machte sie für einen Augenblick blind. Nur im allerletzten Moment konnte sie ihr Fahrrad herumreißen, sonst wäre sie hinten auf einen LKW gefahren, der plötzlich ohne Vorwarnung hinter der engen Kurve vor ihr auf der dunklen Straße stand. Sie fluchte laut auf Deutsch. Und bekam eine echoähnliche Antwort. Sie stieg ab und sah genauer hin. Neben dem LKW stand ein dicker älterer Mann auf der Straße und schaute angestrengt nach oben. Dann sah sie das Problem. Der LKW hatte einen hohen Bagger auf der Ladefläche stehen und der eingezogene Baggerarm war gefährlich nahe oben an der Felsendecke. Der Fahrer war offensichtlich in Panik. Er rannte hin und her und kratzte sich am Kopf. Sie sprach ihn an: „Jetzt aber nicht aufgeben. Das passt schon. Wenn Sie wollen, winke ich Sie durch. Da sind vor Ihnen schon ganz andere durchgefahren. Es müsste eigentlich passen."

Der Fahrer schaute sie merkwürdig an und antwortete auf Berlinerisch: „Wat heesst denn hier, es müsste egentlich passen? Wenn ick dett nich schaffe, sitze icke hier fest. Und dann? Dann heben se mal eben den Felsen hoch, wat? Blödet Frauenzimmer!"

Anne blieb der Mund offen stehen. So eine Unverschämtheit! Sie schluckte. „Wenn Sie das blöde Frauenzimmer zurücknehmen, helfe ich Ihnen. Wenn nicht, wünsche ich Ihnen noch einen schönen Tag." Sie stieg wieder aufs Rad und wollte gerade losradeln, als der Fahrer sich ihr in den Weg stellte.

„Na, Frolleinchen, so war dett nich jemeint. Tut mir leed, ick bin woll een bissken mit de Nerven am Ende. Also juut. Ick fahre un se gucken. Zurück kann ick ja ooch nich." Er setzte sich ins Führerhaus und warf den Motor an. Anne stellte sich circa zehn Meter vor den LKW und schaute nach oben. Dabei winkte sie ihn langsam vorwärts. Dann stoppte sie ihn und zeigte mit den Fingern den Abstand. So ging es weiter, erst zentimeterweise, dann einen halben Meter, dann einen Meter. Jetzt hatte er die niedrigste Stelle passiert. Der Arm des Baggers hatte die Felsdecke nicht berührt, aber es war verdammt knapp gewesen. Anne war erleichtert. Sie hob den Daumen und der Fahrer grinste sie aus dem Seitenfenster an und dankte ihr.

Hinter dem LKW hatte sich eine lange Autoschlange gebildet. Jemand stieg aus dem ersten Wagen und kam auf sie zu. Es war Villon. „Anne, was machst du hier? Regelst du den Verkehr?"

Der LKW fuhr langsam an und hupte noch einmal, bevor er die Höhle verließ. Das Geräusch war ohrenbetäubend und kam mehrfach als Echo zurück.

Sie winkte hinterher. „Ach, das war nur ein Landsmann in Not. Wie sagen die Pfadfinder immer? Jeden Tag eine gute Tat."

Villon lachte und ging winkend schnell zum Auto zurück. Die anderen Wagen in der Schlange versuchten Villons Auto bereits ungeduldig zu überholen.

Anne stieg wieder auf ihr Rad und setzte den Weg nach Villefranche fort. Von nun an ging es rasant bergab bis zur Ortsmitte und zum kleinen Supermarkt. So ein Fahrrad war schon klasse.

Mit schwer bepacktem Korb und zwei Taschen am Lenker trat Anne eine Stunde später den Heimweg an. Sie hatte mehr eingekauft als geplant. Eigentlich hätte sie besser das Auto genommen. Und spät war es indessen auch geworden. Sie musste sich beeilen. Schon nach ein paar Metern sah Suzanne sie und rief nach ihr. Sie tauschten schnell ein paar Worte. Suzanne bewunderte das neue Fahrrad. Anne zeigte auf ihre Armbanduhr und lachte. So verabschiedeten sich die beiden schnell wieder.

Während Anne wieder auf ihr Fahrrad stieg, fuhr eine kleine Gruppe von Radrennfahrern in bunten engen Trikots zügig an ihr vorbei. Sie fuhr hinterher. Etwa zweihundert Meter vor dem Eingang der Höhle stieg die Straße steil an. Die Fahrradgruppe stand jetzt auf den Pedalen, die Gänge wurden heruntergeschaltet auf die kleinste Übersetzung. Anne lachte vor sich hin, als sie das Bild sah. Viele kleine glänzende Popos bewegten sich im Rhythmus, aber die Räder kamen kaum vorwärts. Sie trat kräftig in die Pedale. Ihr Hollandrad hatte keine Gangschaltung, aber die großen Räder brachten sie schnell vorwärts. Bald hatte sie die Gruppe erreicht und zog dann souverän an ihnen vorbei. Die angestrengten Gesichter der Rennfahrer wandten sich zu ihr um und ein ungläubiges Erstaunen machte sich in den Gesichtern breit. Sie hatte jetzt den Kopf der Truppe erreicht und triumphierte laut: „Ja, da schaut ihr, was? Zum Radfahren braucht man keine albernen Anzüge und auch kein Rennrad. Diesen Sprint habe ich gewonnen." Dann radelte sie ihnen durch die Höhle davon. Die Gruppe radelte grimmig hinterher.

Sie war gerade auf den Schulhof eingebogen, als die Gruppe an der Straße an ihr vorbeisauste, jetzt wieder in voller Fahrt. Die jungen Fahrer schauten mit gebeugtem Kopf auf die Straße. Anne fragte sich, ob sie wohl etwas von der schönen Landschaft wahrnahmen, durch die sie gerade fuhren. Völlig außer Atem berichtete sie Bruno von ihren Abenteuern auf dieser ersten Radtour.

Kapitel 21

Goldie lag auf dem weißen Ledersofa im Penthouse und las. Sie und ihr Freund Ricardo waren am Vorabend gerade aus den Hamptons zurückgekehrt, wo er ein stattliches Sommerhaus direkt am Meer besaß. Sie hatten eine schöne Woche dort verbracht. Goldie hatte jeden Tag am Stand gelegen und sich gesonnt. Ricardo war mit Freunden unterwegs gewesen. Wahrscheinlich waren sie segeln. Sie wusste es nicht so genau. Sie hasste Segelboote und konnte auch nicht schwimmen.

Goldie Dwyers hatte Ricardo vor fünf Jahren in einem Nachtclub kennengelernt. Er war ein hässlicher Kerl, aber er hatte Geld. Und Goldie liebte Geld. Dafür war sie bereit, Kompromisse einzugehen. Ricardo war nicht immer sehr nett zu ihr. Aber das Leben mit ihm war besser, als wieder im Diner von Charlie zu bedienen. Sie hatte die Provinz satt. New York war eine ganz andere Nummer. Wenn sie Langeweile hatte, konnte sie einkaufen gehen mit Ricardos goldener Kreditkarte. Und sie brauchte auch nicht zu arbeiten. Weder im Haus noch sonst wo. Sie brauchte nur da zu sein, wenn er nach Hause kam. Und schön auszusehen. Und das war gar nicht so einfach. Er war anspruchsvoll, was das Aussehen anging. Sie hatte die dreißig längst überschritten und die ersten Falten kamen. Ihre langen blonden Haare mussten gut gepflegt werden. Von der Sonne waren sie brüchig geworden. Goldie dachte daran, ihren Coiffeur und ihre Kosmetikerin anzurufen. Aber das konnte noch warten. Das Buch war so spannend. Sie griff nach der Tüte mit dem Popcorn.

Im gleichen Moment hörte sie das kleine Ping-Geräusch der Lifttür und einen Augenblick später trat Ricardo ein. „Hallo Kleines, ich bin wieder da." Sie sah, er war müde. Er schaute sich im Raum um. In einer Ecke standen noch die Koffer und eine geöffnete Strandtasche auf dem Boden, auf der Hochglanzspüle stapelten sich die Teller vom Frühstück. Das machte ihn ärgerlich. „Wie sieht es hier wieder aus! Du weißt, dass die Putze heute nicht kommt. Also räum gefälligst mal auf und lieg nicht immer nur faul auf dem Sofa herum."

Er ging zum Schreibtisch und legte seine Pistole in die oberste Schublade. Goldie nahm es zur Kenntnis. Sie kannte diese Launen von ihm. Irgendeine Laus war ihm schon am Vormittag über die Leber gelaufen. „Na, laufen die Geschäfte nicht gut?" Ihre Frage war zuckersüß.

Er hasste diesen Ton. Er drehte sich um und setzte sich neben sie. Dann riss er ihr das Buch aus der Hand. „Was liest du da wieder für einen Schrott? Immer diese billigen Romane! Kannst du nicht mal ein richtiges Buch lesen, über Kunst oder so?" Er lachte böse. „Aber das wäre ja eine Überforderung für dein kleines Spatzenhirn, oder?"

Goldie fühlte sich verletzt. Ja, heute waren seine Geschäfte nicht gut gelaufen. Sie musste jetzt vorsichtig sein, sonst würde er seinen Frust an ihr auslassen. „Darling, Ricardo, ich lese diesen Schrott eben gerne. Es sind Geschichten aus dem richtigen Leben. Und sie haben ein Happy End. Stell dir mal vor, es gibt wieder neue Bücher aus meiner Lieblingsserie. Ist das nicht schön?"

Er hob die Augenbrauen. Diese Frau war mehr als dämlich.

Sie griff nach dem Buch. „Gib es mir bitte zurück. Ich räume auch gleich auf und mache dir einen schönen kleinen Salat zum Lunch." Goldie versuchte ihm das Buch aus der Hand zu ziehen.

Erst hielt er fest, dann überlegte er es sich anders. Ricardo gab ihr das Buch zurück.

Sie drückte es fest an ihre Brust. „Ricardo, weißt du was komisch ist?"

Er schaute sie gelangweilt an. „Was ist komisch?"

Goldie dachte einen Augenblick nach. „Dieser Ray Johnson, der die Bücher geschrieben hat, ist doch tot, oder?"

Wie ein elektrischer Schock durchfuhr es Ricardo bei der Erwähnung des Namens. Goldie sah, wie sich seine Augen weiteten. Sie plapperte weiter. „Wenn er tot ist, wie kann er dann weiterschreiben? Hier steht zwar der Name eines anderen drauf, aber ich bin mir sicher, Ray Johnson hat es geschrieben. Niemand schreibt wie er. Mit so viel Leidenschaft. Mit so viel Gefühl." Sie seufzte.

Jetzt blickte er sie interessiert an, während es in seinem Kopf arbeitete. Vielleicht war sie doch nicht so dumm, wie er immer dachte. Es waren neue Bücher von Ray Johnson erschienen. Was bedeutete das? Er überlegte. Es gab mehrere Möglichkeiten. Vielleicht hatte der Verleger noch alte Manuskripte in der Schublade gehabt und sie jetzt veröffentlicht. Vielleicht hatte er einen neuen Autor beauftragt, der eine ähnliche Schreibe hatte. Oder, drittens, und da wurde ihm plötzlich ganz schlecht, Ray Johnson lebte tatsächlich noch. Aber wie konnte das sein? Nach dem Prozess hatte sein Bruder Luigi ihn draußen vor dem Gerichtsgebäude erschossen. Die Zeitungen hatten ausführlich darüber berichtet.

„Soll ich dir jetzt etwas zu essen machen?" Goldie schaute ihn von der Seite an. Er winkte ab und ging zum

Fenster. Aus diesem Penthouse hatte er einen fantastischen Blick auf die Hudson Bay. Weit unter ihm fuhren die Fähren über den Strom. Er dachte an seinen Vater und seinen ältesten Bruder, die jetzt für achtzig Jahre im Knast saßen. Wegen mehrfachen Mordes, Geldwäsche, Schutzgelderpressung und Drogenhandel. Verdammte Scheiße! Er würde sie wahrscheinlich nie wiedersehen. Und dieser Ray Johnson, ein kleiner mieser Schreiberling, hatte gegen sie ausgesagt. Da musste er im Namen der Familie eine Entscheidung treffen. Luigi hatte das kurze Streichholz gezogen. Hatte er danebengeschossen?

Goldie war aufgestanden und klapperte in der offenen Luxusküche herum. Sie machte den Salat. Er nahm es zur Kenntnis. Aber ihm war der Appetit vergangen. Er ging zum Sofa und schaute sich das Buch genauer an. Er würde dem Verleger mal einen kleinen Besuch abstatten.

Für Anfang Juni war es ein heißer Tag gewesen. Harry Goldberg hatte drei anstrengende Gespräche am Nachmittag geführt. Jetzt goss er sich seinen ersten Whiskey ein. Seine Sekretärin Rachel steckte den Kopf zur Tür herein. „Harry, wenn du nichts mehr für mich hast, gehe ich jetzt. Du weißt, mein Enkel David hat heute Geburtstag. Da möchte ich nicht zu spät kommen. Sonst ist der Kleine schon im Bett, bevor ich erscheine."

Harry nahm einen Schluck. „Ist schon okay. Mach Feierabend. Und grüße die Familie von mir. Bis morgen. Und viel Spaß."

Rachel nahm ihre Tasche und verließ das Büro. Sie ging den Flur im achtzehnten Stock entlang in Richtung Fahrstuhl. Als sie um die Ecke bog, stieß sie mit einem Mann zusammen. Der hässliche Kerl entschuldigte sich und ging weiter. Im Laufen studierte er die Namensschilder an den Türen.

Harry Goldberg nahm den letzten Schluck aus seinem Glas. In letzter Zeit ging es ihm nicht besonders gut. Vielleicht sollte er auf den allabendlichen Feierabendwhiskey verzichten und stattdessen einen ausgedehnten Spaziergang machen. Sein Arzt hatte ihm seit dem letzten Herzinfarkt zu mehr Bewegung geraten.

Er hörte, wie sich die Vorzimmertür zu seinem Büro öffnete. Sicher hatte Rachel etwas vergessen. „Rachel, du hast doch nicht etwa das Geschenk für den kleinen David vergessen?", rief er belustigt. Es kam keine Antwort. Er stand auf und öffnete die angelehnte Tür zum Vorzimmer. Vor ihm stand ein Mann. Er hielt eine Pistole in der Hand.

Anne ging langsam die Treppe nach oben. Sie war total erschöpft. Sie hatte am Nachmittag die letzten Teile des dritten Fensters eingebaut. Nur noch zwei Fenster und der Auftrag ist beendet. Sie hätte nicht gedacht, dass die Arbeit an den Fenstern so schnell vorangehen würde. Hatte sie doch mit mehreren Jahren gerechnet. Aber wie es sich herausgestellt hatte, waren die meisten Fenster nur neu zu verbleien. Bald hatte sie sich eine tägliche Routine erarbeitet und kam gut voran.

Sie war erstaunt, Bruno im Wohnzimmer vorzufinden. „Hallo, mein Schatz, du bist ja auch schon hier. Wie lief es heute mit der Arbeit? Ist der Roman fertig?"

Bruno grinste und holte eine Flasche Weißwein aus dem Kühlschrank in der Küche. „Yep, bin heute fertig geworden. Und ich sage dir eines, dieses Buch wird erfolgreich sein. Ich war nie besser. Cheers!" Er füllte die Gläser. Sie prosteten sich zu. Bruno küsste Anne und dankte ihr für ihre Unterstützung und Inspirationen. „Wenn du nicht zu müde bist, würde ich dich heute Abend gerne zum Essen ins L'Auberge einladen. Wir müssen das feiern."

Anne überlegte. Sie war zwar müde, aber Lust zum Kochen hatte sie auch nicht. „Okay, ich dusche schnell und ziehe mich um. Und dann gehen wir essen. Super Idee." Damit verschwand sie.

Bruno schaltete den Fernseher ein und suchte den amerikanischen Nachrichtensender. Es waren die üblichen Berichte über militärische Konflikte, Bankenkrisen und Börsenkurse. Immer die gleichen Themen, dachte Bruno gelangweilt. Am Ende berichtete eine elegante schwarze Sprecherin mit einem unglaublich roten Lippenstift noch von den aktuellen Kulturneuigkeiten. Sie verlas: „Wie wir gerade erfahren haben, wurde heute Morgen der bekannte New Yorker Verleger Harry Goldberg tot in seinem Büro aufgefunden." Die Regie blendete ein aktuelles Foto von Harry ein.

Bruno war plötzlich hellwach. „Die Polizei geht von einem Verbrechen aus. Der bekannte Verleger, der achtundsiebzig Jahre alt wurde, war morgens tot von seiner Sekretärin aufgefunden worden. Die Polizei geht von einem Raubmord aus. Sie könne allerdings nicht feststellen, ob der oder die Täter etwas entwendet hätten. Die New York State Police ermittelt noch."

Bruno saß wie versteinert da. Alles in ihm krampfte sich zusammen. Als Anne den Raum betrat, sah sie Bruno, wie er leichenblass und erstarrt auf den Fernsehschirm schaute.

Dort lief inzwischen eine Werbung für einen europäischen Autohersteller. Anne war ratlos, dann alarmiert. „Bruno, um Himmels willen, was ist passiert? Was ist los?"

Bruno saß da und rührte sich nicht.

Sie sah in sein Gesicht. Es war eine graue Maske. „Bruno, bitte sage mir, was los ist!"

Er schaute sie plötzlich an und sie sah einen ungeheuren Schmerz in seinen Augen. „Harry Goldberg ist tot." Er schloss die Augen.

Anne durchfuhr ein eisiger Schreck. „Harry? Dein Verleger in New York? Was ist passiert?"

Bruno sprach leise: „Sie haben es gerade in den Nachrichten gebracht. Sie denken, er wurde ermordet. Oh mein Gott, was mache ich jetzt?"

Anne setzte sich zu ihm und legte den Arm um seine Schultern. „Bruno, das ist furchtbar. Gerade jetzt, wo dein erster großer Roman fertig ist. Es tut mir so leid." Sie hielt ihn ganz fest. „Das ist sicher ein schrecklicher Verlust ...", sie zögerte, es fiel ihr schwer, ihn zu trösten. Sie war sich nicht sicher, wie nahe Harry Goldberg Bruno wirklich gestanden hatte. „Du könntest dir einen neuen Verleger suchen ...", endete sie dann unsicher. Es war eine dämliche Antwort, aber ihr fiel nichts besseres ein.

Bruno schwieg. Seine Gedanken gingen wild durcheinander.

Anne stand auf, holte die Flasche Eau de Vie aus dem Schrank und goss zwei Gläser voll. „Hier, den kannst du jetzt gebrauchen."

Er nahm das Glas und schüttete den Schnaps hinunter. Dann atmete er tief durch. „Anne, ich glaube, einen neuen Verleger zu finden ist jetzt wohl mein geringstes Problem ..."

Rachel war nach der Beerdigung gleich ins Büro gegangen. Die Polizei hatte den Tatort am Vortag freigegeben. Jetzt wollte sie ein wenig aufräumen. Sie betrat das Vorzimmer und schaute sich um. Auf dem Boden lagen immer noch die Akten und einzelne Schriftstücke verstreut. Sie sammelte sie auf und legte sie auf ihren Schreibtisch. Dann ging sie in Harrys Büro. Dort hatte sie ihn entdeckt. Hinten in der Ecke. Kreidespuren markierten immer noch seine Umrisse. Sie sah Spuren von Blut auf dem Teppich. Sie schluckte, konnte aber die Tränen nicht mehr aufhalten. Armer Harry.

Rachel ging zurück an ihren Arbeitsplatz, wischte sich wieder und wieder die Tränen fort und griff dann nach dem Telefon. Jemand sollte herkommen und das alles wegmachen. Sie musste mehrere Telefonate führen, um eine Fachfirma zu finden. Danach nahm sie die losen Blätter wieder in die Hand. Es waren Abrechnungsbögen verschiedener Autoren sowie Bankauszüge. Sie ordnete diese und suchte sich die dazugehörenden Aktenordner aus dem Chaos. Dann fing sie an, die Papiere einzusortieren. Sie stutzte. Es fehlten die Belege der letzten sechs Monate. Sie nahm die Korrespondenzakten, die sie ebenfalls zuvor vom Boden aufgesammelt hatte. Auch der Schriftwechsel aus dieser Zeit fehlte. Und es waren zwei Aktendeckel völlig leer. Einer trug die Aufschrift „Goldberg Verlag Zürich" und der zweite die Initialen „R. J.". Rachel wurde schwarz vor Augen. Sie wusste, wen sie jetzt sofort anrufen musste.

Goldie Dwyers hatte sich bisher nicht so sehr für die Arbeit von Ricardo interessiert. Ihr war immer klar gewesen, dass er ein Krimineller war. Die ganze Familie war kriminell.

Sein Vater und ältester Bruder saßen seit ein paar Monaten im Gefängnis. Während des Prozesses waren sie in New Mexiko untergetaucht. Danach kehrten sie in die Stadt zurück. Das Leben schien seinen normalen Gang zu gehen. Er war viel unterwegs und sie war viel allein gewesen. Seit Tagen aber war er fast nur noch zu Hause und telefonierte. Und diese Telefonate waren interessant. Sehr interessant. Sie hatte ihn ein paar Mal belauscht. Ricardo telefonierte fast täglich mit einem Cousin in Marseille. Sie hatte zwar keine Ahnung, wo das lag, aber es schien in Europa zu sein. In einem der Gespräche hörte sie, wie Ricardo den Auftrag gab, einen Verleger in Zürich aufzusuchen. Dann konnte sie nichts mehr verstehen. Ricardo hatte seine Stimme gedämpft. Nachdem er das Appartement verlassen hatte, ging sie zum Schreibtisch. Es lagen viele lose Blätter dort. Sie kramte ein wenig darin herum und plötzlich stutzte sie. Da war die Seite eines Manuskripts und sie erkannte den Text. Erst vor Kurzem hatte sie das Buch gelesen. Das Buch von Ray Johnson! Sie erschrak. Sie ordnete alles wieder so, wie es vorher war, und ging schnell in die Küche. Hoffentlich merkte er nicht, dass sie in den Papieren gewühlt hatte. Sie nahm ein Spültuch und wischte mit hektischen Bewegungen die glänzenden Oberflächen der Designerküche ab. Dabei kam eine schreckliche Ahnung in ihr hoch.

KAPITEL 22

Bruno wachte mitten in der Nacht von seinen eigenen Schreien auf. Er sprang aus dem Bett und schaute aus dem Fenster auf die Straße. Niemand war zu sehen.

Anne schreckte hoch und sah ihn verschlafen an. „Bruno, was ist los? Hast du schlecht geträumt? Komm, leg dich wieder hin. Du bist hier bei mir."

Er kam wieder unter die Decke. Sie legte die Arme um ihn und sie spürte, wie sich sein Körper leicht entspannte.

Seit der Nachricht von Harrys Tod hatte er Angst. Würden sie ihn finden? Wussten sie, dass er lebt? In seinen Träumen sah er sich wieder in dem kleinen italienischen Restaurant sitzen. Harry saß ihm gegenüber. Es war Silvester. Sie trugen komische Papierhütchen auf dem Kopf. Die Kellnerin war oben ohne. Am Nebentisch saßen ein paar Männer und feierten. Sie sprachen Italienisch. Ihre Unterhaltung war laut. Bruno schaute zu ihnen hinüber. Plötzlich stand einer der Männer auf und blickte ihn an. Bruno wusste, es war der Mann, der seinen Nachbarn erschossen hatte. Der Kerl grinste und zog eine Pistole. „Jetzt habe ich dich endlich ..." Er zielte auf Bruno und drückte ab. Bruno schrie. Dann wachte er auf.

Inzwischen kam der Traum fast jede Nacht. Und am Tage war er zu erschöpft, um zu schreiben.

Anne lag neben ihm und machte sich große Sorgen. Bruno hatte sich verändert. Er verhielt sich merkwürdig, schaute stundenlang oben aus dem Fenster. Manchmal nahm er das Fernglas zur Hand. Es lag immer auf der Fensterbank, wenn er im Haus war. Er war jetzt auch öfter über das Wochenende bei ihr. Nur hier fühlte er sich sicher.

Sie versuchte, ihn zu beruhigen. „Du hast doch einen guten Wachhund. Der hört die Flöhe husten. Der hört sofort, wenn jemand den Pfad hochkommt." Sie tätschelte Rovers Kopf.

Bruno antwortete mit aggressiver Stimme: „Ja, ja, aber dann ist es schon zu spät. Eigentlich ist der Hund eine Belastung. Er wird mich verraten, wenn ich in meinem Versteck sitze." Er stürmte davon. Wie so oft in letzter Zeit.

Anne verzog das Gesicht. Eine Träne kullerte über ihre Wange.

Später am Morgen kam Eve die Treppe herauf. Anne sah verheult aus. „Ist es wieder so weit?", fragte sie.

Anne nickte. „Es macht mich fertig. Immer diese Angst. Er ist immer nur auf der Flucht – vor allem. Und ich kann nichts dagegen tun."

Eve nahm Anne in den Arm. „Irgendetwas stimmt doch nicht mit ihm. Glaubst du wirklich, er ist in Gefahr?"

Anne wusste es nicht. Sie sah nur seine Angst. Und sie konnte nicht über die wirklichen Gründe mit Eve sprechen. Das wäre ein Risiko für alle. „Was kann ich nur tun?", flüsterte sie verzweifelt.

Eve überlegte einen Augenblick und griff dann zum Telefon. „Hallo, Jean-Jacques, hast du einen Augenblick Zeit? Kannst du bitte in die Galerie kommen. Wir haben hier ein Problem ... Ja. Danke. Bis gleich."

Anne fasste sich an den Kopf. „Oje, das wird Bruno nicht gefallen."

Im nächsten Moment kam der bereits erwartete Bus vorgefahren. Adam, Eve und Anne waren bereit für den nächsten Ansturm. Niemand hatte diesen Erfolg noch vor einem Jahr erwartet. In der Galerie war bereits die dritte Ausstellung zu sehen. Die Besucher kamen von weit her. Mitten in diesem Andrang kam Jean-Jacques vorgefahren. Er begrüßte alle freundlich und freute sich über die guten Geschäfte im Centre d'Art Azilien. Dann trat er zu Anne, die ihn zur Seite nahm. Sie sprachen über Bruno und seine Ängste und wodurch sie ausgelöst worden waren. Er hörte interessiert zu. „Und wo ist er jetzt?", fragte Jean-Jacques, als Anne geendet hatte.

Sie konnte nur raten. „Ich denke, er ist zum Haus gegangen. Kannst du mal nach ihm sehen? Mit mir will er im Moment nicht sprechen."

Jean-Jacques machte sich zu Fuß auf den Weg. Als Kind war er diesen Weg von der Schule zum Haus täglich gegangen und er kannte jeden Stein und jeden Busch. Als er am Haus ankam, rief er nach Bruno. Aber der war nicht da. Dann kletterte er weiter den Hang hinauf und ging zur Höhle. Er sah Bruno am Eingang sitzen. Rover hob den Kopf und kam ihm freudig entgegen. Jean-Jacques kämpfte sich schnaufend die letzten paar Meter hoch und plumpste neben Bruno ins Gras.

Sie saßen eine Weile schweigend da und schauten auf die Landschaft. Jean-Jacques brauchte erst einmal eine winzige Verschnaufpause. Dann drehte er sich zur Seite. „Na, Bruno, ich habe gehört, es gibt Probleme. Was ist los?"

Bruno schwieg einen Moment, dann antwortete er: „Ich fühle mich hier nicht mehr sicher. Vor ein paar Wochen habe ich aus den Nachrichten erfahren, dass Harry

Goldberg, mein Verleger in New York, ermordet worden ist. Und daran bin ich schuld. In seinem Büro muss es Unterlagen über mich gegeben haben. Das Büro wurde durchsucht. Vielleicht sind sie mir jetzt schon auf der Spur."

Jean-Jacques hörte aufmerksam zu. Das war wirklich bedenklich. Er stellte noch weitere Fragen, wollte jede Einzelheit wissen. So erzählte ihm Bruno von der Schweiz, gab ihm Namen und Adressen. Jean-Jacques machte sich Notizen. Die Angelegenheit war doch ernster, als er gedacht hatte. „Ja, das kann einem schon richtig Angst machen." Er klopfte Bruno auf die Schulter. „Ich glaube, wir sollten die Amerikaner einschalten. Ich werde in Paris anrufen und ein Treffen vereinbaren. Im Ernstfall müssen sie jetzt tätig werden. Und im Notfall musst du für eine Weile woanders untertauchen. Aber mach dir keine Sorgen. Wir halten immer die Augen offen. Die Gendarmen haben alles im Blick. Du bleibst inzwischen unten bei Anne und schreibst dort."

Bruno nickte. Er war dankbar für ein wenig Trost. Jean-Jacques stand auf und streckte seine Beine. „Pack dir ein paar Sachen ein. Ich nehme die Schreibmaschine unter den Arm und los geht es."

Jetzt musste Bruno lächeln. „Ja, die alte Schreibmaschine, die hat inzwischen ausgedient. Ich schreibe jetzt mit einem Computer. Und der ist richtig schwer. Dazu gehören noch ein Bildschirm und ein Drucker."

Jean-Jacques lächelte. „Dann lauf ich eben ein paar Mal mehr. Mein Arzt hat mir ohnehin mehr Bewegung verordnet. Du siehst ja, ich schnaufe wie eine alte Dampfmaschine." Er schüttelte die Beine aus, was wohl sportlich aussehen sollte. „Also, packen wir es an."

Es war früher Abend in New York. Goldie stand heulend in der Küche und kühlte ihre linke Gesichtshälfte mit einem frischen Steak. Ricardo rannte durch die Wohnung und riss Schränke und Schubladen auf. Goldies Sachen wurden herausgerissen und auf den Boden geworfen. Er stapfte gerade über das teure goldene Paillettenkleid, das sie noch letzte Woche bei einem Benefizkonzert getragen hatte. Sie wollte schreien, aber es war ihr nicht möglich.

„Pass auf, du Schlampe, pack jetzt deine Klamotten und verzieh dich. Ich gebe dir genau fünfzehn Minuten, dann bist du hier weg oder du bist tot."

Goldie überlegte, was Ricardo wohl so wütend gemacht hatte. Hatte er bemerkt, dass sie in seinen Papieren geschnüffelt hatte? Aber er hatte es nicht erwähnt. Außerdem hätte er sie dann wohl nicht nur geschlagen, er hätte sie gleich umgebracht. Sie schluckte.

„Steh nicht herum und glotz mich an. Pack die Sachen, los!"

Sie war wie gelähmt. „Ricardo, warum?"

Er stand jetzt ganz dicht vor ihr. Sie hielt die Hände schützend vor das Gesicht. Er grinste.

„Warum, warum? Ich sag dir, warum. Weil ich dich schon lange satt habe. Du liegst den ganzen Tag hier faul herum und kostest mich ein stilles Vermögen. Wenn ich schon so viel Geld für 'ne Frau ausgebe, sollte sie wenigstens gut im Bett sein, jung und knackig. Ich kann deinen faltigen Arsch einfach nicht mehr sehen. Und damit du es weißt, ich hab 'ne Neue. Und die ist eine Rakete. Auch im Bett. Also verzieh dich ins Altersheim. Aber dalli, dalli!" Er schubste sie in Richtung Kleiderschrank. „Die Klamotten kannste mitnehmen, die passen ja eh nur Elefanten."

Goldie bemerkte wieder den gefährlichen Unterton in seiner Stimme. Schnell packte sie eine Handvoll Kleidung in ihren Designerkoffer, nahm ihre Handtasche und Jacke. Sie war schon am Lift, als er hinterherkam. „So nicht, Schätzchen, den Schlüssel lässt du schön hier." Er stand bedrohlich nahe und hielt die Hand auf.

Sie kramte in der Tasche, aber fand den Schlüssel nicht sofort. Er riss ihr die Tasche aus der Hand und suchte selbst, fand ihn und gab ihr die Tasche zurück. Der Lift war inzwischen im oberen Stockwerk angekommen. Schnell trat Goldie hinein. Bloß weg von hier. Und das möglichst schnell. Der Kerl brachte es fertig, sie hier und jetzt umzubringen. Und kein Mensch würde ihre Überreste je finden. Darauf war er immer sehr stolz gewesen. Ricardo war eben der Größte. Ja, dachte sie, der größte Verbrecher von allen. Und ich kann froh sein, dass er mich so einfach gehen lässt. Was ist schon ein blaues Auge ...? Sie holte die große Sonnenbrille aus der Seitentasche und setzte sie auf.

Als sie aus dem Apartmenthaus trat, fing es gerade an zu regnen. Sie lief zügig in Richtung Subway und zog den Rollkoffer hinter sich her. Dann überlegte sie es sich aber anders und stoppte ein Taxi. „Fahren Sie mich bitte zum Walker Square, Ecke Achtundvierzigste."

Der Fahrer nickte und schaltete das Taxameter ein. „FBI-Gebäude?"

Sie überlegte kurz. „Nein, andere Seite. Sandwichbar. Muss zur Abendschicht." Der junge ukrainische Fahrer schaute sie etwas verwundert im Rückspiegel an und knurrte. Dann brauste er los.

Sie kamen früh am Morgen und klopften an die alte Schultür. Wütendes Hundegebell war die Antwort. Bruno hatte wach gelegen und war sofort am Fenster. Draußen standen zwei Herren in dunklen Anzügen, ein ihm unbekannter Gendarm und zu seiner Überraschung auch Jean-Jacques Villon. Er öffnete das Fenster. Alle blickten zu ihm hoch und Jean-Jacques rief: „Bruno, die Lage wird ernst. Pack ein paar persönliche Sachen und komm bitte mit. Die beiden amerikanischen Regierungsvertreter bringen dich für eine Weile in Sicherheit. Bitte beeil dich."

Anne war gerade wach geworden und wunderte sich, mit wem er sprach. Er erklärte es ihr kurz und fing an zu packen. Als sie endlich verstand, was hier vor sich ging, war sie schockiert. „Bruno, das kann doch nicht wahr sein! Wo bringen sie dich hin?" Sie schaute aus dem Fenster und war ebenso überrascht, Jean-Jacques zu sehen. „Wo bringen Sie ihn hin? Ich will mitkommen. Bitte!"

Die Anzugträger winkten energisch ab. „Keine Chance, das ist eine geheime Operation und betrifft einen amerikanischen Staatsbürger. Sie sind keine Amerikanerin. Wir sind nicht für Ihren Schutz verantwortlich. Kontaktieren Sie bitte Ihre eigene Botschaft."

Anne klappte vor Überraschung ihre Kinnlade herunter. Das durfte ja wohl nicht wahr sein! Bedeutete das etwa, dass sie auch in Gefahr war? Sie schluckte.

Auch Jean-Jacques wirkte nun überrascht und fragte nach. Diese Attitude der Amis gefiel ihm gar nicht. Es gab eine kurze heftige Diskussion. Am Ende blickte er hilflos zum Fenster hoch. Anne verschwand ins Haus.

Bruno hatte eine kleine Tasche gepackt und stand nun

vor Anne, um sich zu verabschieden. „Lass es uns kurz machen." Er küsste sie. Dann ging er die Treppe hinab.

Sie lief ihm hinterher. „Bruno, wenn das alles vorbei ist, komm sofort nach Hause. Ich wünsche dir viel Glück. Ich liebe dich!"

Er drehte sich noch einmal um. „Ich liebe dich auch. Du bist der wundervollste Mensch, der mir je begegnet ist." Mit diesen Worten ging er aus der Tür.

Sie rannte zur Straße und sah ihn in eine große Limousine mit abgedunkelten Scheiben einsteigen. Der Wagen wendete und fuhr davon, begleitet von einem Polizeiwagen. Jean-Jacques stand unschlüssig da. Er sah völlig fertig aus.

Anne winkte ihn zu sich. „Jean-Jacques, komm doch bitte herein. Ich mach uns erst einmal einen Tee auf den Schreck." Einen Tee mit drei Löffeln Zucker. Ob das ausreiche? Sie zitterte am ganzen Körper. Villon nahm das Angebot dankbar an.

Adam und Eve kamen so gegen zehn Uhr. Anne erklärte ihnen kurz, dass Bruno für einige Zeit verreist sei. Eve machte sich ihren eigenen Reim darauf. Wahrscheinlich war er irgendwo und machte eine Therapie. Sie hoffte nur, es würde auch helfen. Aber als ein Gendarm sich demonstrativ in den Garten vor das Haus setzte, wunderte sie sich doch. Was ging hier vor sich? Aber Anne schwieg beharrlich.

In den nächsten Tagen saßen abwechselnd unterschiedliche Zivilpolizisten vor dem Haus und tranken endlos viele Tassen Tee, Kaffee und Kaltgetränke. Sie futterten sich die kleine Speisekarte rauf und runter und lobten das Essen. Dabei beobachteten sie die Besucher aufmerksam, gingen ab und zu zur Straße und notierten sich unauffällig Autokennzeichen. Anne machte das ganz nervös. Aber sie war froh, keine Uniformierten hier zu haben. Die Besucher hatten mit Argwohn auf die Beamten reagiert. Das war geschäftsschädigend gewesen und Anne hatte keinen Hehl daraus gemacht, dass ihr das nicht passte. So saßen die Beamten nun in ihrer Freizeitkleidung da und spielten mit Shelly und Rover. Und die Hunde genossen die anhaltende Aufmerksamkeit.

KAPITEL 23

Drei Wochen waren vergangen. Weder sie noch Jean-Jacques hatten eine Nachricht über Brunos Verbleib erhalten. Anne machte sich Sorgen. Es gingen zwei weitere Wochen ins Land. Mittlerweile machte sie sich ernsthaft Sorgen. An einem frühen Morgen Anfang August fuhr sie zur Gendarmerie. Aber auch dort wusste keiner etwas Näheres. Man verwies sie auf das amerikanische Konsulat. Sie telefonierte mit Paris und bekam keinerlei Auskunft. Dort wusste angeblich niemand etwas über die Aktion. Sie war verzweifelt. Was war passiert? War etwas schief gegangen? Was, wenn sie ihn nie wieder sehen würde?

Anne konnte sich nicht mehr auf ihre Arbeit konzentrieren und brach die Restaurierung in der Kapelle ab. Sie hatte plötzlich Angst, dort allein zu arbeiten. Jedes Geräusch erschreckte sie. Jeder Besucher, der die Kirche betrat, wurde argwöhnisch beobachtet. Da war es sicherer in der Schule. Adam und Eve waren dort. Die Zivilpolizisten waren aber inzwischen abgezogen worden. Nur gelegentlich sah sie ein Polizeiauto langsam vorbeifahren. Sie patrouillierten hauptsächlich nachts.

Adam und Eve waren erschrocken, Anne eines Morgens noch im Bett vorzufinden. Es war kurz vor zehn Uhr. Normalerweise war Anne schon mit den Vorbereitungen für die Teestube beschäftigt, die Tische im alten Schulhof waren gedeckt und das Schild stand draußen. Jetzt war sogar die Schultür noch verschlossen. Sie schlossen selber auf und gingen nach oben. Anne lag da und sah furchtbar blass aus. Unter ihren Augen waren dunkle Ränder. Die

Hunde lagen beide neben dem Bett und hoben kaum den Kopf.

Eve war schockiert. „Was ist los? Warum liegst du im Bett? Bist du krank? Adam, lass mal die Hunde raus. Und du musst etwas essen. Anne, bitte steh auf. Ich mach uns einen Tee und ein leckeres Frühstück. Komm, zieh dich bitte an. Im Bett liegen zu bleiben, hilft keinem." Eve war jetzt voll in ihrem Element. Sie rannte geschäftig hin und her. Nach kurzer Zeit saß Anne am Küchentisch.

Während Adam seinen Kaffee trank, überlegte er, was wohl der wahre Grund für Annes Niedergeschlagenheit sein könnte. „Sag mal, Anne, was ist mit Bruno? Eve meinte, er wäre mit einem Nervenzusammenbruch in eine Klinik gekommen. Stimmt das? Oder steckt etwas anderes dahinter?"

Anne schaute ihn überrascht an. Was sollte sie jetzt darauf antworten? Sie überlegte einen Moment. Dann entschloss sie sich, den guten Freunden alles zu erzählen. Als die beiden hörten, was Bruno passiert war, sahen sich Adam und Eve an. Eve boxte Adams Arm und schmollte. „Du hast die Wette gewonnen! Woher wusstest du das?"

Adam lächelte. „Lesen bildet. Vielleicht solltest du mehr Krimis lesen und nicht immer nur diese Herz-und Schmerz-Geschichten."

Unten fuhr gerade ein Reisebus vor. Eve schreckte hoch. „Ach du meine Güte, die habe ich ja ganz vergessen. Wie spät ist es denn schon?" Damit rannte sie die Treppe hinab.

Anne hatte geduscht, sich ein wenig geschminkt und ihr buntes Blumenkleid angezogen. Sie fühlte sich besser und beschloss, in der Galerie zu helfen. Die Arbeit tat ihr gut. Es war der erste Tag, an dem sie nicht andauernd an Bruno dachte.

Am Abend schaltete sie zum ersten Mal seit einer Woche den Fernseher ein. Sie nahm die Fernbedienung in die Hand. Auf einem deutschen Kultursender gab es heute einen hochgelobten Spielfilm. Sie hatte sich bereits ein Glas Wein eingegossen. Es waren noch ein paar Minuten Zeit, bis der Film anfing. So ging sie schnell noch verschiedene Programme durch und blieb bei einem amerikanischen Nachrichtensender hängen. Sie zeigten einen Bericht aus New York. Der Sprecher schaltete gerade zu einem Korrespondenten um, der vor einem Gerichtsgebäude stand. „Guten Abend. Wie wir gerade in der Pressekonferenz erfahren haben, wurden gestern in einer Großrazzia in den USA, der Schweiz und Frankreich achtundzwanzig Personen festgenommen. Sie gehören einer kriminellen Vereinigung an, die in den letzten Jahren in den USA sowie in Europa für etliche Morde, Drogenhandel sowie Geldwäsche verantwortlich gemacht werden. Sie werden außerdem beschuldigt, den New Yorker Verleger Harry Goldberg getötet zu haben. Die Festgenommenen, die alle aus einer Familie stammen, wurden heute dem Haftrichter vorgeführt. Ihnen drohen lebenslange Haftstrafen."

Anne blieb der Mund offen stehen. Sie nahm den Wein und trank ihn langsam aus. Es dauerte einen Moment, bevor ihr die Tragweite dieser Nachrichten bewusst wurde. Dann sprang sie auf, rannte zum Telefon und rief Jean-Jacques sowie Adam und Eve an. Das waren gute Neuigkeiten!

Die Woche verging, doch nichts geschah. Anne war enttäuscht. Sie hatte so sehr gehofft, Bruno bald wiederzusehen. Aber es gab kein Lebenszeichen von ihm. Sie ließ sich die Enttäuschung nicht anmerken.

Am Freitag war Annes Geburtstag. Adam und Eve hatten ein paar Freunde und Nachbarn heimlich zu einem kleinen Sektempfang nach Feierabend eingeladen. Es war eine nette Überraschung, als die Gäste Anne begrüßten und ihr gratulierten. Sie war ganz gerührt. Dann kam Jean-Jacques an. Er brachte Anne einen riesigen Blumenstrauß und gratulierte ihr. Plötzlich fiel ihm noch etwas ein. Er lief zum Auto zurück und holte noch etwas. Schließlich überreichte er Anne ein kleines, in braunes Papier eingewickeltes Paket. Sie öffnete es vorsichtig. Es war ein Buch. Sie betrachtete es voller Staunen. Das Buch kam aus dem David Goldberg Verlag in Zürich. Und der Autor war Ray Johnson. Ihr wurde ganz schwindelig. Sie schlug das Buch mit zitternden Händen auf. Innen lag eine Karte. Sie las: „Liebe Anne, zum Geburtstag alles Gute. Bitte lies den Klappentext und gehe dann zur letzten Seite. Ich liebe dich. Dein Ray."

Sie las auch den kurzen Umschlagtext. Tränen stiegen in ihre Augen – das war ihre Geschichte. Wann hatte er das geschrieben? Dann blätterte sie auf die letzte Seite. Dort klebte mitten auf der Seite ein Diamantring. Darunter stand von Hand geschrieben: „Anne, du bist die Frau meines Lebens. Willst du mich heiraten?"

Sie schluckte. Das konnte doch nicht sein ... Da klingelte plötzlich das Telefon neben ihr. Automatisch nahm sie den Hörer ab und meldete sich. Am anderen Ende hörte sie Rays Stimme: „Hast du das Buch bekommen?"

Sie antwortet mit heiserer Stimme: „Ja."

„Und was sagst du?"

Wieder brachte sie ein heiseres Ja heraus.

Er lachte leise. „Anne, geh mal zur Tür und schau hinaus."

Sie legte den Hörer langsam auf den kleinen Tisch und ging wie in Trance zur Eingangstür. Die Geburtstagsgesellschaft war verstummt und beobachtete sie interessiert. Dann hörten sie vor der Tür einen lauten Schrei. Und der kam von Anne. Sie hatte Ray in der Telefonzelle entdeckt und lief jetzt auf die Straße. Die Gäste rannten hinterher und sahen gerade noch, wie sich die zwei in die Arme fielen und küssten. Es war ein langer Kuss. Dann schaute Anne ihn vorwurfsvoll an. „Wo warst du so lange? Warum hast du dich nicht gemeldet?"

Sie sah sein schlechtes Gewissen. „Anne, ich konnte nicht. Es wäre zu gefährlich gewesen. Aber jetzt bin ich hier. Der Albtraum ist vorbei. Und eher ging es auch nicht. Außerdem wollte ich doch nicht mit leeren Händen kommen." Er lachte verschmitzt.

Wie sehr hatte sie dieses Lachen vermisst. Lächelnd hob sie den Zeigefinger. „Ray Johnson, mach das nie wieder! Und jetzt komm endlich, wir wollen feiern." Sie nahm seine Hand und führte ihn durch ein Spalier von Freunden, die vor der Schule standen und Beifall klatschten.

EPILOG

An einem schönen Tag im Oktober heirateten Anne und Ray in der kleinen Kapelle von Rieu. Als sie aus der Kirche kamen, wartete eine weiße Kutsche auf sie, die Jean-Jacques heimlich organisiert hatte. Die Freude darüber war groß. Während die Kutsche mit dem Brautpaar ganz gemächlich zur alten Schule fuhr, liefen die vielen Hochzeitsgäste den kurzen Weg hinterher. Es war ein bunter Umzug, der fröhlich daherkam. Vorneweg liefen Adam, Eve und Jean-Jacques. Rays Eltern waren angereist, sie kamen in Begleitung von Rachel, die sich diese Hochzeit nicht entgehen lassen wollte. Auch der Verleger David Goldberg war gekommen. Und natürlich Annes deutsche Freunde Jan und Nele. Hinter ihnen liefen François und Odette mit Suzanne.

Die Hochzeitsgesellschaft wurde bereits erwartet. Vor der Schule stand jetzt ein weiterer Wagen. Es war eine schwarze Limousine. Am Eingangstor zum Schulhof stand ein gutgekleideter Mann mit einer eleganten blonden Dame. Sie hatte einen Blumenstrauß in der Hand und war sichtlich aufgeregt. Anne kannte die beiden nicht. Aber Ray ging freudig auf den Mann zu. Der junge FBI-Beamte war in den letzten Monaten ein guter Freund für ihn geworden. Sie begrüßten sich herzlich. Dann stellte der Mann kurz seine Begleiterin vor. Sie war ebenfalls Amerikanerin.

Die Gäste hatten bereits an einem langen, schön gedeckten Tisch auf dem Schulhof Platz genommen. Eve rannte geschäftig umher und gab Anweisungen an die Cateringfirma, die jetzt ein wundervolles Hochzeitsmenü servierte. Zwischen den vielen Gängen gab es immer wieder einen Toast auf das Brautpaar und etliche Reden wurden gehalten. Dann kam der informelle Teil der Feier.

Jean-Jacques Villon hatte eine Zigeunerkapelle aus dem Aude organisiert, die jungen Leute spielten flotte Tanzmusik. Das Brautpaar eröffnete den Tanz mit einem rasanten Foxtrott. Dann kamen andere Paare hinzu.

Villon stand etwas unschlüssig am Rande und beobachtete die blonde Amerikanerin. Sie lächelte ihn an. Er streckte seinen Oberkörper, hob das Kinn und marschierte zielstrebig in ihre Richtung. „Bonjour Madame. Darf ich mich zu Ihnen gesellen? Ich bin Jean-Jauques Villon, ehemaliger Bürgermeister dieses Ortes. Und mit wem habe ich die Ehre?" Er blickte ihr tief in die Augen.

„Ich bin Mary-Lou Dwyers aus New York. Aber alle nennen mich Goldie."

Er verbeugte sich tief. „Enchantée. Sehr angenehm. Und was machen Sie hier in Frankreich? Urlaub vielleicht?"

Sie überlegte kurz. „Ich wollte mir mal das Land anschauen. Ich habe gehört, es sei sehr schön hier. Und jetzt suche ich hier einen Job."

Villon lächelte. „Und was für einen Job genau, Madame?"

Sie lächelte ihr schönstes Lächeln für ihn. Eigentlich wollte sie ihm antworten: Ich suche einen Job als Ehefrau eines bedeutenden und gutaussehenden Mannes, wie Sie es sind. Aber das tat sie – natürlich – nicht. „Ich suche einen Job als Kellnerin", sagte sie nur.

Er wirkte fast enttäuscht. Aber er hatte eine Idee. Villon zupfte Eve, die gerade vorbeiging, am Ärmel. „Sag mal, könnt ihr nicht etwas Hilfe brauchen? Diese nette Dame sucht gerade einen Job als Kellnerin."

Eve war überrascht. „Jean-Jacques, ich denke morgen darüber nach. Heute feiern wir, schon vergessen?" Sie lächelte die Amerikanerin an und entschwand wieder.

Goldie war zuversichtlich. Ihr Leben würde heute neu beginnen. Sie dachte an den Tag beim FBI zurück und wie sie die Beamten ganz schön erpresst hatte mit ihren Informationen. Der Deal hatte geklappt. Sie hatte ausgepackt, den ganzen Klan verraten. Ihre Bedingung war nur eine – sie wollte unbedingt dorthin, wo ihr Lieblingsautor jetzt war. Und sie hatten Wort gehalten. Okay, Ray Johnson war zwar inzwischen vergeben und auch so gar nicht ihr Typ. Aber in seiner Nähe zu sein, würde immerhin sicherstellen, immer die neuesten seiner Bücher zu bekommen. Das war auch etwas, oder? Sie seufzte. Aber dieser Villon schien keine schlechte Partie zu sein. Sie drehte sich zu ihm um. „Monsieur, ich würde so gerne mit Ihnen tanzen."

Villon hatte nicht zu hoffen gewagt. Voller Freude bot er ihr den Arm an und die beiden entschwebten leichten Schrittes auf die Tanzfläche.

Anne und Ray nahmen es lächelnd zur Kenntnis.

Ende